KB138128

Mr. WILLIAM
SHAKESPEARE

리처드 3세
The Tragedy of King Richard the Third

국립중앙도서관 출판시도서목록(CIP)

리처드 3세 / 셰익스피어 지음 ; 김정환 옮김. — 서울 : 아침이슬, 2012
  p. ; cm. — (셰익스피어 전집 ; 22)

원표제: The Tragedy of King Richard the Third
원저자명: William Shakespeare
영어 원작을 한국어로 번역
ISBN 978-89-6429-130-6 04840 : ₩10000
ISBN 978-89-6429-132-0(세트)

영국 희곡[英國戱曲]

842-KDC5
822.33-DDC21   CIP2012004218

리처드 3세
The Tragedy of King Richard the Third

리처드 3세 왕의 비극

셰익스피어 지음 | 김정환 옮김

아침이슬

일러두기

운문과 산문 구분을 명확히 했고, 행갈이를 원문과 똑같이 맞추었다. 각 작품을 잘 쓰인
시집 한 권 대하듯 읽으면 적당할 것이다.

등장인물

에드워드 4세 왕

요크 공작부인 그의 어머니

에드워드 세자

리처드 젊은 요크 공작 ⎤ 그의 아들들

조지 클래런스 공작

리처드 글로스터 공작 훗날 리처드 왕 ⎤ 그의 동생들

클래런스의 아들

클래런스의 딸

엘리자베스 왕비 에드워드 왕의 아내

리버즈 백작 그녀의 남동생 앤서니 우드빌

도싯 후작

그레이 경 ⎤ 그녀의 아들들

토머스 본 경

헨리 6세 왕의 유령

마가릿 왕비 헨리 6세의 미망인

에드워드 세자의 유령 헨리 6세의 아들

앤 부인 에드워드 세자의 미망인

헤이스팅스 경 궁내장관 윌리엄

스탠리 경 더비 백작, 헤이스팅스의 친구

리치먼드 백작 헨리 훗날 헨리 7세, 스탠리의 사위

옥스퍼드 백작 ┐

제임스 블런트 경 │ 리치먼드를 따르는 사람들

월터 허버트 경 ┘

버킹검 공작 ┐

노포크 공작 │

리처드 래트클리프 경 │

윌리엄 케이츠비 경 │ 리처드 글로스터를 따르는 사람들

제임스 타이럴 경 │

두 살해범 │

시동 ┘

추기경

일라이 주교

사제 존 사제

크리스토퍼 경 사제

로버트 브레이큰베리 경 런던탑 책임관

런던 시장

대서인

영장 집행관 헤이스팅스

형리

시의원과 시민들

시종들, 두 주교, 사자들, 병사들

제1막

이제 우리 불만의 겨울은
영광의 여름 되었다 이 요크 가문 태양 아들이 해냈어
우리 가문을 노려보던 온갖 구름은
태양의 깊은 가슴에 묻혔고.

1막 1장
런던의 한 거리

글로스터 공작 리처드 등장

리처드 글로스터 이제 우리 불만의 겨울은
영광의 여름 되었다 이 요크 가문 태양 아들이 해냈어.
우리 가문을 노려보던 온갖 구름은
대양의 깊은 가슴에 묻혔고.
이제 우리 이마에 승리의 화환 감겨 있고,
타박상 입은 우리 갑옷 기념물로 걸려 있고,
단호하던 우리의 전투 경보는 즐거운 모임으로,
두렵던 행군은 정말 기분 좋은 춤으로 바뀌었다.
표정 냉혹하던 전쟁신이 이마의 주름을 폈고,
이제—전에는 갑옷 차림 준마에 올라
겁 많은 상대의 영혼을 소스라치게 했지만—
그는 깡총 춤 추고 희롱거린다 민활하게 여인의 내실에서
현악기 류트의 음탕한 환대에 맞추어.
하지만 나, 사랑의 술수에 맞는 외모도,
연애의 거울한테 지싯거릴 기질도 아닌,
나, 거칠게 주조되고 사랑의 위엄 결핍되어
헤픈 어슬렁 걸음의 요정들 앞으로 뽐내며 걷지 못하는,

나, 아름다운 용모를 삭감당한,

훌륭한 외모를 시치미 떼는 자연한테 사기당한,

기형인, 미완인, 내 시간보다 먼저

채 반도 구성되지 않은 채 이 숨 쉬는 세상에 보내진—

게다가 너무나 불구에다 볼품사나워

개들이 짖어 대지 절뚝이며 그들 곁을 지나갈 때에—

이런, 나는 이 유약한 풀피리 닐닐리 평화 시기에

시간을 보낼 오락거리가 없다.

고작 양지에 드리운 내 그림자나 엿보고

내 자신의 기형을 이러쿵저러쿵 품평할 뿐.

그리고 그래서 내가 연인 팔자가 못 되고

이 아름답고 유창한 나날에 응할 길 없으니,

난 결심한 거야 악당이 되고

요즘 세상의 게으른 오락들을 증오하기로.

줄거리를 내가 짰다, 위험한 도입부는,

술 취한 예언, 비방과 꿈으로,

내 형 클래런스와 왕이

치명적으로 서로를 증오하게끔 맞세우는 것.

그리고 에드워드 왕이 진실하고 정당하기

내가 교묘히 거짓되고 반역적인 만큼이라면,

오늘 클래런스는 꼼짝없이 새장에 갇힌 새 신세가 된다

예언에 둘러싸여, 'ㅈ'자가 이름에 들어 있는

에드워드의 후계 하나가 그를 살해할 거라는 예언 말이다.

　　〔클래런스 공작 조지, 호위 경계를 받으며, 그리고 로버트 브레이
　　큰베리 경 등장〕

잠수하라, 생각들, 내 영혼 아래로. 저기 클래런스가 온다.

형님, 좋은 날이오. 왜 이 무장 경비들이

모시는 거요 형님 전하를?

클래런스 폐하께서,

내 신변의 안전을 염려하사, 붙여 주셨구나

이렇게 호위를, 날 탑으로 안전하게 호송하라는 거지.

리처드 글로스터 호송 이유는 뭔데?

클래런스 내 이름이 조지라서 그런다더라.

리처드 글로스터 그럴 수가, 저하, 그건 저하 잘못이 아니죠.

그렇다면 저하 대부를 작명죄로 체포하셔야지.

폐하께서 설마 저하를 런던탑에 가두어

다시 세례 받으라 엄포 놓으시려는 것도 아닐 테고.

도대체 무슨 일이오, 클래런스, 내가 알면 안 되오?

클래런스 되다마다. 리처드, 내가 안다면―난 도무지

모르겠구나 아직까지는. 하지만 내가 알아본 바로

폐하께서 예언과 꿈에 귀를 기울이시다

자모 통에서 'ㅈ'자를 뽑으셨는데

웬 마법사가 그에게 'ㅈ'에 의해

폐하 아이들이 상속권을 박탈당할 점괘라 했다는 거야.

그리고 내 이름 조지가 'ㅈ'으로 시작되니까,

폐하 생각으로는 내가 그라는 얘기지.

이런 일들과, 듣기로, 비슷하게 하찮은 기타 등등으로,

폐하께서 날 이렇게 체포케 되신 거라네.

리처드 글로스터 아니, 이건 남자가 여자 지배를 받느라 생긴 일.

국왕이 아녜요 형을 탑으로 보내는 건,

우리 그레이 부인, 그의 아내—클래런스, 그녀가

그를 꼬드겨 내는 거죠 이렇게 거친 극단으로.

그녀 아니었나, 신의를 존중하는 그

앤서니 우드빌, 그녀 동생도 함께였지만,

폐하를 시켜 헤이스팅스 경을 탑으로 보내게 한 것이,

그리고 오늘에야 방면케 한 것이?

우린 안전하지 않아요, 클래런스, 우린 안전하지 않다구.

클래런스 하늘에 맹세코, 안전한 사내는 하나도 없지

왕비의 친척들과, 밤길 걷는 은밀한 중매꾼들 말고는,

국왕과 유부녀 쇼어 사이를 터벅터벅 오가는 그들 말이다.

너는 못 들었나 얼마나 몸을 낮추고

헤이스팅스 경이 방면을 호소했는지?

리처드 글로스터 애첩마마께 한참을 굽실대고

우리 궁내장관께서 자유를 얻으셨지.

내 말해 줄까. 내 생각에 우리 전략은,

우리가 왕의 은총을 계속 입으려면,

그녀의 하인이 되어 그녀 가문 의상을 입는 거라고 봐.

투기가 심한, 나달나달한 과부와 그녀야말로,

우리 형이 그것들을 귀부인으로 높여 준 이래,

우리 왕국의 강력한 떼세 아니겠습니까.

브레이큰베리 두 분 저하께 모두 죄송합니다.

폐하께서 엄명을 내리셨어요

어느 누구도 사담을 나누지 못한다고요,

아무리 지위가 높은 자라도, 저하 형님 되시는 분과는.

리처드 글로스터 그렇더라도. 귀하가 괜찮다면, 브레이큰베리,

우리가 하는 말을 귀하가 다 들어도 상관없느니,

우린 반역을 논하는 게 아닐세, 자네. 우리는 국왕께서

현명하시고 미덕 있으시다 이거고, 그분의 고결한 왕비는

나이 지긋하시고, 아름다우시고, 투기가 없으시다는 거네.

우리 얘기는 쇼어의 마누라가 발이 예쁘고,

체리 입술에,

눈매가 곱고, 말투가 아주 싹싹하다는 거고,

왕비 친척들이 귀족이 되었다는 거라구.

당신 생각은 어때? 이 모든 사실을 아니라 할 텐가?

브레이큰베리 그 말씀과, 저하, 제 자신은 아무 상관이 없습니다.

리처드 글로스터 무슨 말인가 쇼어 유부녀와 상관이라니? 내 말해

주지, 친구.

그녀와 상관을 하려는 자는—한 사람은 빼고—

은밀하게 혼자 하는 게 최선일걸.

브레이큰베리 한 사람, 누구 말입니까, 저하?

리처드 글로스터 그녀 남편이지, 이 사람. 일러바칠 참인가?

브레이큰베리 다시 한 번 저하께 죄송합니다만, 더 이상은

삼가주십시오 고결하신 공작님과의 사담을.

클래런스 자네 임무를 아네, 브레이큰베리, 그리하지.

리처드 글로스터 우린 왕비마마의 비천한 신하니, 그리해야지.

형님, 잘 가시오. 난 국왕께 가서,

그리고 무엇이든 형이 시켜만 주시면—

에드워드 왕의 과부를 '누나'라 부르란대도—

내가 그리하여 형을 방면시켜 드리겠소.

그런데, 형제간에 이렇게 심히 불미스런 일이 생기다니

내 마음이 얼마나 아픈지 형님은 상상도 못하실 게요.

클래런스 안다 너도 기분이 좋을 리 없겠지.

리처드 글로스터 그래요, 오래 갇혀 있게 안 할게요.

형을 꺼내 드리거나 내가 대신 갇히거나 하겠소.

그동안은, 잘 견디시고.

클래런스 견딜 밖에. 안녕.

클래런스, 브레이큰베리, 그리고 호위병이, 런던탑으로 퇴장

리처드 글로스터 가서 밟거라 네가 결코 돌아오지 못할 길을.

단순 멍청한 클래런스, 내가 너를 너무 사랑하여

곧 네 영혼을 하늘로 보내 주려 한단다,

하늘이 우리 선물을 받아 주실까 모르지만.

근데 저기 오는 게 누구냐? 방금 방면된 헤이스팅스?

탑으로부터 헤이스팅스 경 등장

헤이스팅스 경 좋은 날 되시오 자애로우신 저하.

리처드 글로스터 마찬가지요 착하신 궁내장관님.

나오시게 되어 아주 반갑습니다.

감옥살이를 어떻게 견디셨소?

헤이스팅스 경 인내로 견뎠지요, 고결한 경, 죄수들이 그래야 하
듯.

하지만 난 살아서, 경, 감사를 하고 말 거요

내 구금의 원인인 자들에게.

리처드 글로스터 그래야죠, 물론—클래런스 또한 그리할 테고,

왜냐면 당신의 적인 사람들이 그의 적이고,

당신을 눌렀듯 그를 눌렀거든요.

헤이스팅스 경 더 딱한 일이죠, 독수리들이 새장에 갇히고

썩은 고기 먹는 새와 말똥가리들만 판을 치는 꼴이니.

리처드 글로스터 해외 소식은 없소?

헤이스팅스 경 없소, 해외는 국내만큼 나쁜 소식이.

왕이 병들었어요, 쇠약하고, 우울해 하고,

어의들 걱정이 이만저만이 아닙니다.

리처드 글로스터 저런, 바오로 성인을 걸고, 정말 나쁜 소식이군요.

오, 그러지 말라 했건만 오랫동안

옥체를 너무 축내신 거예요.

생각하면 정말 통탄할 일이오.

어디 계십니까? 누워 계신가요?

헤이스팅스 경 그렇소.

리처드 글로스터 먼저 가세요 내 뒤를 따를 테니.

〔헤이스팅스 퇴장〕

그는 못 살 게다, 아마, 하지만 죽으면 안 되지

조지를 급행편에 하늘로 보내기 전까지는.

내가 그의 증오를 클래런스 쪽으로 더욱 부채질할 텐데

비중 있는 논리로 튼튼해진 거짓으로써 말이지.

그리고 내 깊은 의중이 맞아 떨어진다면,

클래런스는 하루를 더 살지 못할 터—

그렇게 되면, 하나님 에드워드 왕도 자비로이 데려가시오

이 세상은 내가 분탕질하게 놔두시오.

그때에 나는 결혼을 할 테다 워릭의 막내딸과.

뭐 대순가 내가 그녀 남편과 애비를 죽였기로?

그 계집한테 벌충을 해 줄 가장 손쉬운 방법은
그녀 남편이 되고 애비가 되어 주는 것,
그것을 내가 해 주겠다 이거야. 사랑 때문은 전혀 아니고,
또 다른 은밀하고 사적인 의중 때문이야,
그녀와 결혼함으로써, 내가 달성을 해야 되는.
그렇지만 내가 지금 내 말보다 앞서 장터로 뛰고 있구만.
클래런스가 아직 숨을 쉰다, 에드워드가 아직 살아 지배해,
그들이 사라지고 나서야, 난 내 이득을 셈할 수 있는 것이
다.

퇴장

1막 2장
런던의 한 거리

신사들이, 헨리 6세 왕 시신을 뚜껑 열린 관으로 들고, 그것을 호
위하는 도끼 창병들, 그리고 상주 앤 부인과 함께 등장

앤 부인 내려놓으세요, 내려놓아요, 그 명예로운 짐을,
명예가 열린 관 속 수의로 덮일 수 있는 거라면,
그러면 내가 잠시 장례를 다해 슬피 울겠습니다
덕망 높았던 랭커스터의 때 이른 죽음을.
〔그들이 관을 내려놓는다〕
거룩한 왕의 초라하고 차가운 중추,
랭커스터 가문의 창백한 재,
그대 그 왕족 혈통의 핏기 없는 유물이여.
벌하지 마세요 제가 그대 유령을 마법으로 불러내어
들려주더라도, 불쌍한 앤, 에드워드의 아내, 그대의
도살당한 아들의 아내인 앤의 애도를 말입니다,
그를 찌른 바로 그 손이 이 상처를 냈지요.
보세요, 당신의 목숨을 방출한 이 상처의 창에다,
제가 쏟아붓습니다 내 두 눈의 소용없는 향유를.
오 저주받으라 이 구멍을 낸 그 손,
저주받으라 이 피가 흘러나오게 한 그 피,

저주받으라 이 짓을 할 마음을 품었던 그 심장.
더 무시무시한 운명을 맞으라 그 가증스런 놈,
당신의 죽음으로 우리를 비참하게 만든 그놈은,
내가 늑대한테, 거미한테, 두꺼비한테,
혹은 온갖 기는 독충들한테 퍼부어 줄 저주보다 더 말이다.
그가 혹시 아이를 갖는다면, 기형이게 하라,
흉측하게 하고, 때 이르게 세상으로 나와,
그 추하고 기괴한 외모가
대망의 산모조차 보고 질겁할 정도이게 하라,
그리고 그것이 물려받게 하라 그의 불운을.
그리고 혹여 그가 아내를 갖는다면 그녀를 더
비참하게 만들라 그의 죽음으로
내가 나의 어린 남편과 그대 죽음으로 그리된 것보다 더.—
이제 처트시 수도원으로 가세요, 그 거룩한 짐을 모시고,
그곳에 묻으려 바오로 성당을 나온 것이니,

　　　　〔신사들이 관을 들어 올린다〕

그리고 관이 무겁게 느껴질 때마다
쉬도록 하세요, 제가 헨리 왕 시신에 애도를 표할 테니까요.

　　　　글로스터 공작 리처드 등장

리처드 글로스터 〔신사들에게〕 멈추라, 관을 든 너희들, 그리고 그걸
　　내려놓으라.
앤 부인 어떤 흑마술사가 이 원수를 마법으로 불러내어
　　막게 하는가 헌신적인 자선 행동을?
리처드 글로스터 〔신사들에게〕 이놈들, 관을 내려놔, 아니면 바오로

1막 2장　17

성인을 걸고,

　　　　내가 시체로 만들어 버릴 테다 불복하는 놈은.

도끼창병　나리, 물러서고 관을 지나게 해 주십시오.

리처드 글로스터　버르장머리 없는 개야, 내가 명할 때 물러서.

　　　　네놈 도끼창을 내 가슴보다 더 높게 치켜들지 않으면,

　　　　바오로 성인을 걸고 내가 널 발치에 때려눕히고,

　　　　발로 차 주겠다, 거렁뱅이, 시건방 떤 죄로 말이다.

　　　　　　그들이 관을 내려놓는다.

앤 부인　〔신사 및 도끼창병들에게〕 아니, 떠시는 게요? 겁나십니까?

　　　　아아, 탓하지 않겠어요, 필멸 인간들이니까,

　　　　필멸 인간의 눈이 악마를 견딜 수 있을라구요.—

　　　　꺼져라, 너 끔찍한 지옥의 앞잡이.

　　　　네놈은 그의 필멸 육신에만 힘을 행사할 수 있지,

　　　　그의 영혼은 네가 가질 수 없어, 그러니 가라.

리처드 글로스터　상냥하신 성녀, 부디 화를 삭이시오.

앤 부인　비열한 악마, 제발 꺼져 다오 우릴 괴롭히지 말고,

　　　　왜냐면 넌 행복한 세상을 지옥으로 만들었어,

　　　　그것을 채웠지 저주하는 절규와 강한 비난의 고함으로.

　　　　네가 저지른 극악무도를 보는 게 즐거우면

　　　　똑똑히 보라 이것이 네 백정짓의 사례니라—

　　　　오 신사분들, 보세요, 봐요! 죽은 헨리의 상처들이

　　　　피가 엉긴 입을 열고 다시 피를 흘립니다.—

　　　　낯을 붉혀라, 붉히지 못할까, 이 더러운 기형의 덩어리,

　　　　너의 있음이 불러내지 않느냐 이 피를

피가 전혀 없을 차갑고 텅 빈 혈관에서 말이다.

네가 저지른 짓이, 비인간적이고 기괴한 그 짓이,

일으키는 거야 이 초자연적인 홍수를.

오 하나님, 홍수를 내셨으니, 복수해 주소서 그의 죽음을,

오 대지여, 이 피를 마시는 지금, 복수해 주소서 그의 죽음

을.

아니면 하늘이 벼락으로 이 살인자를 쳐 죽이시거나,

오 대지여 입 크게 벌려 잡아먹으라 저자를 산 채로

이 훌륭한 왕의 피를 집어삼키는 것과 같이,

지옥이 휘두른 저자의 팔이 그분을 도륙했도다.

리처드 글로스터 부인, 부인은 모르시는군요 자비의 법칙을,

나쁜 걸 좋게 보고, 저주 대신 축복을 내리는 게 그건데.

앤 부인 악당아, 넌 하나님의 법도 사람의 법도 모르는 놈이야.

아무리 사나운 짐승도 약간의 자비심은 있는 법이거늘.

리처드 글로스터 난 둘 다 모르거든, 그러니 난 짐승이 아니지.

앤 부인 오 멋지구나, 악마가 악마라고 실토를 했도다!

리처드 글로스터 더 멋지지, 천사가 그토록 화를 내시다니.

허락해 주신다면, 거룩한 완벽의 여인,

나는 내가 받고 있는 혐의를 직접

자세한 경위 설명으로 벗고자 할 뿐이오.

앤 부인 허락해 준다면, 전염병 덩어리 인간아,

나는 알려진 악행에 대해 직접

자세한 설명으로 저주할 뿐이야 저주받은 네 자아를.

리처드 글로스터 형언 이상으로 아름다운 이여, 잠깐만

꾹 참고, 내 해명을 들어 주시오.

앤 부인 마음의 상상 이상으로 비열한 자, 네가 할 수 있는 해명은
　　　　네 스스로 네놈 목을 매는 것만 효력이 있을 것이다.
리처드 글로스터 그런 절망은 내 죄를 인정하는 꼴이 되지.
앤 부인 그런 절망적인 행동으로 네가 사죄하는 꼴은 되지,
　　　　네 자신한테 훌륭한 복수를 하는 거니까
　　　　다른 사람을 무가치하게 도살한 네 자신한테 말이다.
리처드 글로스터 난 그들을 죽인 적이 없다구.
앤 부인 그렇담 그들은 죽은 적이 없어야겠지.
　　　　하지만 그들은 죽었어―죽인 자는, 악마 같은 놈, 바로 너
　　　고.
리처드 글로스터 난 당신 남편을 죽이지 않았다.
앤 부인 어머나, 그렇다면 그분이 살아 계시겠네.
리처드 글로스터 아니, 죽었지, 죽인 것은 에드워드고.
앤 부인 비열한 목구멍으로 거짓말 마라. 마가릿 왕비가 보셨느니라
　　　　네놈의 살인 흉기 언월도가 그의 피로 김을 뿜는 것을,
　　　　그걸로 네놈이 그분 가슴을 겨누기도 했으나,
　　　　네 형제들이 칼끝을 치우게 했다 하시더라.
리처드 글로스터 그년이 하도 욕을 해싸서 욱한 거지,
　　　　그들이 저지른 죄를 죄 없는 내 어깨에 지우려 들면서 말야.
앤 부인 피에 굶주린 네놈 기질이 욱한 거지,
　　　　도살 말고는 생각해 본 게 없으니 말이다.
　　　　네놈이 죽이지 않았다고 이 국왕을?
리처드 글로스터 그랬다고 보아도 좋소.
앤 부인 좋아, 고슴도치? 그렇다면 하나님도, 내게, 좋다 하실 게
　　　다,

그 사악한 짓을 저지른 네놈을 저주하여도.

오 그는 고결하고, 온화하고, 덕망 높은 분이셨어.

리처드 글로스터 그러니 천국의 왕께서 더 흡족해 하실 밖에.

앤 부인 그분은 하늘나라 계시고, 네놈은 결코 그리 못 가지.

리처드 글로스터 그가 내게 고마워해야지 그리로 보내 준 것을,

그는 지상보다 그곳에 더 어울렸거든.

앤 부인 네놈한테 어울리는 곳은 지옥 밖에 없고.

리처드 글로스터 그래, 아니 한 군데 더 있지, 알고 싶다면.

앤 부인 지하 감옥 같은 데겠지.

리처드 글로스터 그대의 침실이오.

앤 부인 네가 누운 곳 어디나 병든 휴식이거라.

리처드 글로스터 그럴 거요, 왕세자비, 내 당신과 눕기 전에는.

앤 부인 설마.

리처드 글로스터 설마가 사람 잡지. 하지만 고결하신 앤 부인,

이렇게 날카로운 재치문답만 벌일 게 아니라,

소나기 퍼붓듯 퍼부어 댈 게 아니라,

문제는 원인 제공자 아니겠소. 때 이른 죽음을

이 플랜타저넷 사람들, 헨리와 에드워드에게 안긴 자가

사형 집행인 못지않게 비난받아 마땅하지 않겠소?

앤 부인 네놈이 원인이지 그 저주받을 결과의.

리처드 글로스터 그대의 아름다움이 그 결과의 원인이었소―

당신의 아름다움이 내 꿈에 하도 출몰하여

세상 전부를 죽일 수 있을 것 같았지

한 시간 만이라도 당신 달콤한 가슴을 품을 수 있다면.

앤 부인 그걸 짐작했더라면, 내 네게 말하거니와, 살인자,

이 손톱으로 그 아름다움을 내 뺨에서 찢어 냈을 것이다.

리처드 글로스터 이 두 눈이 못 보지 달콤한 아름다움의 난파를,

당신을 그리 못하게 할 거요 내가 곁을 지킨다면.

온 세계가 태양으로 활기를 찾듯,

나는 그것으로 그렇소. 그건 나의 대낮이고, 생명이오.

앤 부인 깜깜한 밤이 너의 대낮 덮치고, 죽음이 네 생명 덮치기를.

리처드 글로스터 자신을 저주하면 안 되지, 아름다운 사람, 둘 다

당신이니까.

앤 부인 그러면 좋겠구나, 네게 복수하려면.

리처드 글로스터 정말 해괴한 트집 아니오,

당신을 사랑하는 사람에게 복수하겠다니.

앤 부인 정당하고 합리적인 주장이지,

내 남편을 죽인 자에게 복수하겠다는 것은.

리처드 글로스터 그가 당신한테서, 부인, 남편을 앗아갔기에

더 나은 남편을 얻어 드리겠다는 거지요.

앤 부인 그분보다 더 나은 사람 이 세상에 숨 쉬고 있지 않아.

리처드 글로스터 살아 있소, 그보다 더 당신을 사랑할 사람이.

앤 부인 누군지 말해 보라.

리처드 글로스터 플랜타저넷.

앤 부인 아니, 그분이 플랜타저넷이셨지.

리처드 글로스터 똑같은 가문이나, 품성은 더 낫지요.

앤 부인 어디 있단 말이냐 그런 분이?

리처드 글로스터 여기 있잖소, 나.

〔그녀가 그에게 침을 뱉는다〕

왜 내게 침을 뱉는 거요?

앤 부인 그게 너한테 치명적인 독이었으면 좋겠구나.

리처드 글로스터 결코 독은 나오지 않지 그리 달콤한 곳에서는.

앤 부인 결코 없었느라 독 품은 두꺼비 중 너보다 더 비열한 자는.
　　　내 눈앞에서 사라져! 네놈이 내 눈을 감염시키나니.

리처드 글로스터 당신의 눈이, 상냥한 부인, 내 눈을 그랬지요.

앤 부인 내 눈은 널 때려죽이는 바실리스크라야겠지.

리처드 글로스터 그랬으면 좋겠소, 내가 단 한 번에 끝장나게끔,
　　　지금 그대 눈이 산 죽음으로 날 죽이고 있으니 말이오.
　　　그대의 그 두 눈이 내 눈에서 끌어냈소, 소금맛 눈물을,
　　　창피하게 했소 내 얼굴을 유치한 뒤범벅으로.
　　　난 청원해 본 적이 없어요 친구에게든 적에게든
　　　내 혀는 결코 배울 수 없었소 달콤한 아첨의 말을,
　　　하지만 지금 당신의 아름다움이 내 보상으로 제시되니
　　　내 오만한 가슴이 간청하고 재촉하오 내 혀더러 말하라고.
　　　〔그녀가 그를 경멸의 눈초리로 쳐다본다〕
　　　가르치지 마오 당신 입술한테 그런 조롱을, 그것은
　　　입맞춤을 위한 것이니, 부인, 그런 경멸이 아니라.
　　　복수심 가득한 그대 마음이 날 용서할 수 없다면,
　　　〔그가 무릎을 꿇고 자신의 칼을 그녀에게 건넨다〕
　　　자, 내가 빌려 드리리다 당신께 끝이 날카로운 이 칼을,
　　　그러니 원하시면 그것을 심으시오 이 진정한 가슴에
　　　그리고 보내 주시오 당신을 사모하는 영혼을,
　　　내 맨가슴을 그 치명적인 찌름에 맡기고
　　　무릎 꿇고 겸허히 죽음을 간청하오.
　　　〔그가 가슴을 드러낸다, 그녀가 그의 칼을 그것에 갖다 댄다〕

안 되오, 주저치 마시오, 내가 헨리 왕을 죽였잖소,

하지만 당신의 아름다움이 날 부추긴 것이오.

아니 되오, 이제 해치우시오. 내가 어린 에드워드를 찔렀소

하지만 그대 천상의 얼굴이 날 선동한 거요.

〔그녀가 칼을 떨어뜨린다〕

칼을 다시 집어 드시오, 아니면 날 일으켜 주던가.

앤 부인 일어서라, 위선자.

〔그가 일어선다〕

비록 내 너의 죽음을 원하지만,

너의 사형 집행관이 되지는 않겠다.

리처드 글로스터 그렇다면 내게 자살을 명하오, 내 그리할 테니.

앤 부인 이미 했잖느냐.

리처드 글로스터 그건 화가 나서였소.

다시 말해 보시오, 그러면 그 말과 함께 즉시

이 손이―당신을 사랑하므로 당신의 사랑을 죽였으나―

필히, 당신을 사랑하므로, 죽이리다 훨씬 더 진정한 사랑을.

두 죽음 모두에 당신은 종범이 되시는 거요.

앤 부인 진심을 알고 싶구나.

리처드 글로스터 내 혀가 그린 그대로요.

앤 부인 둘 다 거짓일 것만 같다.

리처드 글로스터 그렇다면 진실된 사람 한 명도 없었소.

앤 부인 알았구나, 알았다, 칼을 집어넣어라.

리처드 글로스터 말해 주오 그렇다면 내가 평화를 찾았노라고.

앤 부인 차후 알게 될 것.

리처드 글로스터 하지만 희망은 있겠소?

앤 부인 누구나, 희망컨대, 희망은 갖고 사는 법.

리처드 글로스터 이 반지를 껴 주시오.

앤 부인 받는다고 주는 건 아니니라.

리처드 글로스터 이 반지가 당신 손가락에 꼭 맞는 것 좀 보오,

　　　바로 그렇게 당신 가슴이 내 가슴을 감싸는구려.

　　　둘 다 껴 주오, 둘 다 당신 것이니.

　　　그리고 혹시 당신의 초라한 헌신적인 하인이

　　　그대 자애로운 손에 청을 하나 올릴 수 있다면,

　　　그대는 확증해 주는 셈이겠소 그의 행복을 영원히.

앤 부인 무엇이더냐?

리처드 글로스터 부디 이 슬픈 업무를

　　　애도해야 할 가장 큰 이유가 있는 내게 맡기고,

　　　그대가 즉시 내 크로스비 저택으로 가 주시오,

　　　그러면—내가 장중한 예로

　　　처트시 수도원에 이 고결한 왕을 묻고,

　　　그분 무덤을 내 참회의 눈물로 적신 후에—

　　　가능한 최대로 서둘러 당신을 뵈러 가겠소.

　　　여러 가지 비밀스런 이유로, 간청하니

　　　베풀어 주시오 내게 이 은총을.

앤 부인 진정 그리하리다—그리고 아주 기쁘기도 하오,

　　　당신이 그토록 뉘우치는 걸 보니.

　　　트레셀과 버클리, 저와 같이 가시지요.

리처드 글로스터 내게 작별 인사를 해 주오.

앤 부인 그건 당신이 자격 미달이죠.

　　　하지만 당신이 내게 가르쳐 준 아첨술 그대로,

내가 이미 작별 인사를 했다고 치시죠.

  두 사람, 앤과 함께 퇴장

리처드 글로스터 여보게들, 관을 들게.
신사들 처트시로요, 고결하신 영주님?
리처드 글로스터 아니 블랙프라이어스로, 내 도착을 기다리라고.

  〔관을 들고 모두 퇴장. 글로스터는 남는다〕
여자가 이런 기분에 구애받은 적 있던가?
여자가 이런 기분에 수락한 적 있던가?
난 그녀를 갖겠어, 하지만 오래 두지는 않지.
뭐라, 그녀 남편과 그녀 애비를 죽인 내가
챙겼단 말인가 그녀, 가슴에 극단의 증오를 품고,
입에 저주가, 눈에 눈물이 가득한 그녀를,
내 증오의 피 흘리는 증인이 옆에 있는데,
하나님, 그녀의 양심과, 이런 장애들이 날 반대하는데,
그리고 내 청원을 지지하는 아군이라고는
명백한 악마와 위선의 표정이 고작이었는데—
그런데도 여자를 얻어, 세상 모든 것 다 물리치고? 하!
그녀는 잊었단 말인가 그 용감한 세자,
그녀 남편 에드워드를, 그를 내가 석 달 남짓 전에
죽여 버렸는데도, 화가 난 기분에 튜크스버리에서?
더 상냥하고 더 사랑스런 신사였다,
자연의 후한 선물로 뼈대를 갖춘,
젊고, 용감하고, 현명하고, 분명 제대로 세자다운,
드넓은 이 세상에 둘도 없을 신사—

그런데 몸을 낮추어 내게 눈을 준다,
이 상냥한 군주의 한창때를 베어 버리고
자신을 비통한 침대에 과부로 만들어 버린 내게?
내게 말인가, 난 모든 게 에드워드의 반도 안 되는데?
내게 말인가, 난 이렇게 절름발이에 기형인데?
내 공작령을 동냥 서푼에 걸고 말하건대,
난 이 몸을 내도록 과소평가한 게 분명하군.
그녀가 보기엔 내가, 난 통 모르겠더만,
엄청 잘나가는 사람인가 보다.
거울을 사야겠군,
재단사를 스무 명이나 마흔 명쯤 고용해서
내 몸을 유행에 맞게 꾸며 보라 하고 말이지.
슬그머니 내 자신이 좋아진 김에,
돈을 좀 들여서라도 그 상태를 유지해야지 않겠나.
하지만 우선 저 친구를 무덤으로 보내고
그런 다음 애도하며 내 사랑한테 돌아가리라.
맘껏 비추라, 아름다운 태양, 내가 거울을 살 때까지,
가면서 내가 내 그림자를 음미할 수 있게끔.

퇴장

1막 3장

웨스트민스터 왕궁

엘리자베스 왕비, 리버즈 경, 도싯 후작, 그리고 그레이 경 등장

리버즈 〔엘리자베스에게〕 고정하소서, 마마. 폐하께서는 분명
　　　곧 이전의 건강을 되찾으실 것이옵니다.
그레이 〔엘리자베스에게〕 이리 노심초사하시면, 그분께 안 좋지요.
　　　그러니, 부디 원기를 찾으시어
　　　폐하를 위로해 드리소서 생기 있고 쾌활한 눈빛으로.
엘리자베스 왕비　그분이 돌아가시면, 나는 어떻게 될꼬?
리버즈　그런 군주를 잃는 것 말고는 아무 해도 입지 않을 겁니다.
엘리자베스 왕비　이런 군주를 잃는 것이 온갖 해를 입는 일.
그레이　하늘이 훌륭한 아들로 마마를 축복해 주셨잖아요
　　　그분 안 계실 때 마마를 위로토록.
엘리자베스 왕비　아, 그 아이는 어리고, 성년이 되기 전에는
　　　리처드 글로스터의 후견을 받아야 하는데,
　　　그 리처드가 날 싫어하지─자네들 모두를 싫어해.
리버즈　그가 호국경이 되었습니까?
엘리자베스 왕비　내정되었소, 아직 정식으로 임명되지 않았지만,
　　　하지만 그렇게 될 거요, 왕께서 잘못되시면.

버킹검 공작과 더비 백작 스탠리 경 등장

그레이 저기 버킹검 및 더비 경이 오시네요.

버킹검 〔엘리자베스에게〕 마마께 문안 인사드리옵니다.

스탠리 〔엘리자베스에게〕 늘 유쾌하시기를, 이제까지와 같이.

엘리자베스 왕비 리치먼드 공작부인께서는, 우리 더비 경,
        그대의 고마우신 기도에 좀체 '아멘'을 안 붙일 것인데,
        하지만, 더비—비록 그분이 그대 아내고,
        날 싫어하시지만—당신은, 우리 경, 내 보증하오
        내가 그녀의 오만방자 때문에 그대를 미워하지는 않아요.

스탠리 간청컨대 마마, 믿지 마소서
        거짓되이 그녀를 비난하는 자들의 악의적인 모략을,
        아니면, 혹시 그 비난이 사실에 기초했다 하더라도,
        참아 주소서 그녀의 결점을, 그 연원은
        고질병이지, 근거 있는 악의가 아닌 까닭이옵니다.

리버즈 오늘 폐하를 뵈시었소, 더비 경?

스탠리 방금 버킹검 공작과 제가
        폐하를 찾아뵙고 나오는 길입니다.

엘리자베스 왕비 회복하실 것 같으오, 경들?

버킹검 마마, 아주 좋아지셨어요. 말투가 유쾌하시더이다.

엘리자베스 왕비 하나님 그이 건강을 살펴 주소서. 말씀을 나누시
        었소?

버킹검 예, 마마. 폐하께서 화해를 시켜 주고 싶어 하십니다
        글로스터 공작과 마마 동생분들을,
        그리고 동생분들과 우리 궁내장관을요,

하여 그들을 들라 하시었습니다.   ·

엘리자베스 왕비 모두 잘되었으면! 하지만 잘될 리 없을 게야.

우리 행복은 이제 내리막인 듯하오.

리처드 글로스터와 헤이스팅스 경 등장

리처드 글로스터 그자들이 날 모욕했소, 난 참지 않을 거구.

그들이 뭐간데 국왕께 탄원을 한단 말이오

내가 진짜 성질이 엄혹하고 그들을 싫어한다고?

바오로 성인을 걸고, 그들이야말로 폐하를 우습게 아니까

이런 분란의 소문으로 폐하 귀를 어지럽히는 거요.

내가 못하는 게 아첨이고, 좋은 낯이고,

면전에 미소 짓는 거, 알랑대고 속여 먹는 거,

까다로운 프랑스식 절과 예절 흉내 무자맥질이기로,

날 원한 품은 원수로 치다니.

수수한 사람이 수수하게 살며 악의를 품지 않는데,

그의 단순한 진실이 이리 매도당해야 하겠소

매끄러운, 교활한, 교묘히 환심을 사는 잡것들한테?

리버즈 우리 중 누구 들으라는 말씀이십니까 저하께서는?

리처드 글로스터 당신이지, 정직도 미덕도 없는 자.

내 언제 당신를 해쳤소? 언제 당신을 부당하게 대했어?

혹은 당신? 혹은 당신? 혹은 당신 파당 누구한테 그랬나?

오 이런 몽땅 염병 걸릴 놈들! 폐하께서—

하나님께서 네놈들 소망보다 잘 보살펴 주신다마는—

숨 한 번을 제대로 편히 못 쉬시게

그 숭한 고자질로 폐하를 괴롭히고들 있으니.

엘리자베스 왕비 글로스터 시동생, 오해시오.
　　국왕께서는―폐하 스스로 자진하시어,
　　다른 청원자 때문에 그리하신 게 아니라―
　　아마도 시동생의 내적 증오를 간파하셨기에,
　　왜냐면 시동생의 외적 행동이 드러내잖소,
　　내 아이, 동생들과 나 자신에 대한 증오를,
　　하여 폐하께서 들라 하시었소, 하문하시어
　　시동생 불만의 근거를 듣고 없애 주시겠다고 말이오.
리처드 글로스터 말 못하지. 세상이 너무 지랄 같아져서
　　독수리도 감히 앉지 못하는 곳에 굴뚝새가 판을 치니.
　　도나 개나 모두 신사가 되었으니,
　　숱한 고결한 인사들이 도나 개가 되었겠고.
엘리자베스 왕비 자, 자, 당신 뜻을 알겠어요, 글로스터 시동생.
　　나와, 내 친구들의 출세를 시기하는 말씀이죠.
　　당신 신세 결코 안 지게 되면 좋겠군요.
리처드 글로스터 그런데, 난 왕비님 신세 좀 져야겠구려.
　　우리 형은 당신 술책으로 옥에 갇혔소,
　　내 자신은 모욕당했고, 귀족들은
　　경멸당하고 있지, 반면 엄청난 승진이
　　매일 주어지고 있소 단 이틀 전만 해도
　　귀족 자리 꿈도 못 꾸던 자들한테 말이오.
엘리자베스 왕비 내가 누리던 자족의 운으로부터
　　이 근심 가득한 높이로 올려 주신 그분께 맹세코,
　　나는 결코 폐하를 부추겨
　　클래런스에 대한 악감을 갖게 한 적이 없고, 오히려

그를 옹호하는 성실한 변호 역을 자임했소.

공작, 그대는 내게 못된 위해를 가하고 있소

그런 사악한 혐의를 내게 거짓되이 씌우다니.

리처드 글로스터 왕비께서는 부인하시겠구려 본인 책동으로

우리 헤이스팅스 경이 최근 투옥되었다는 것도.

리버즈 마땅히 부인하시죠, 경, 왜냐하면—

리처드 글로스터 부인하겠지, 리버즈 경. 왜, 누가 그걸 모르겠소?

뿐인가 왕비는, 경, 사실 부인 이상을 할 수 있소.

그분은 당신을 숱한 수지맞는 자리에 올리고,

부인할 수 있지 자신은 손쓴 바 없다고,

당신의 우수한 자질을 예찬하면서 말이지.

그분이 뭘 못하시겠소? 할 수 있지—그래, 정말, 할 수 있

어.

리버즈 '정말, 할 수 있다'니?

리처드 글로스터 정말, 할 수 있다 말이오? 왕과 결혼할 수 있지,

총각에, 얼굴도 잘 생긴 청년과 말이오.

확실히, 당신 엄만 배우자가 그만 못했지.

엘리자베스 왕비 글로스터 경, 내 너무나 오래 참았소

경의 무대포 비난과 신랄한 조롱을.

하늘에 맹세코, 내 폐하께 알릴 것이오

내가 수차례 겪은 그 막돼먹은 모욕을.

내 차라리 시골 하녀로 지낼망정

위대한 왕비도 싫소, 이런 상태라면.

이토록 짜증나게 만들고, 경멸하고, 홀닦는데서야.

〔전 왕비 마가릿, 눈에 안 보이게 그들 뒤로 등장〕

잉글랜드 왕비 노릇이 난 크게 즐겁지 않소.

마가릿 왕비 〔방백〕 더 적게 해 주소서, 하나님 비옵나이다.

네년의 명예, 지위, 그리고 자리는 내 것이거늘.

리처드 글로스터 〔엘리자베스에게〕 뭐라? 날 협박하는 게요 왕께 이
른다고?

이르시오, 빠짐없이. 내가 한 모든 말을,

내 어전에서 인정하리니.

설사 탑으로 보내지는 한이 있더라도.

할 말을 할 때로다, 내 공이 완전 잊혀졌으니.

마가릿 왕비 〔방백〕 닥쳐라, 악마! 네 공은 내 너무도 잘 기억하지.

네놈이 내 남편 헨리를 탑에서 죽였고,

에드워드, 불쌍한 내 아들을 튜크스버리에서 죽였잖느냐.

리처드 글로스터 〔엘리자베스에게〕 당신이 왕비이기 전에—그래, 혹
은 당신 남편이 왕이기 전에—

난 그의 대업을 짐말처럼 도왔고,

그의 당당한 상대들을 잡초처럼 뽑아냈고,

그의 친구들에게 너그러운 보상을 해 주었소.

그의 혈통을 왕의 그것으로 하려고, 내 피를 흘렸지.

마가릿 왕비 〔방백〕 그래, 네놈이나 그놈 것보다 훨씬 더 훌륭한 피
도 흘렸고.

리처드 글로스터 〔엘리자베스에게〕 그러는 내내 당신과 당신 남편 그
레이는

랭커스터 가문 편이었어,

그리고 리버즈. 당신도 그랬고.—당신 남편이

세인트 앨번즈에서 마가릿 군으로 죽지 않았나?

내가 당신들 마음에 새겨 주지, 까먹지 않도록,

당신이 이전에 누구였고, 지금 누구인지를,

덧붙여, 또한 내가 이제껏 누구였었고, 지금 누구인지도.

마가릿 왕비 〔방백〕 살인마 악당이지, 앞으로도 그럴 것이고.

리처드 글로스터 불쌍한 클래런스는 그의 장인 워릭도 버렸지—

그랬어, 그리고 맹세를 깼다, 예수께서 용서해 주시기를.

마가릿 왕비 〔방백〕 하나님 복수해 주소서!

리처드 글로스터 에드워드 편에서 왕관을 위해 싸우려고,

그런데, 그 보답으로, 그 불쌍한 분은, 새장에 갇혔어.

하나님께 청컨대 내 가슴이 에드워드처럼 냉혹했으면,

아니면 에드워드 가슴이 나처럼 부드럽고 자비롭거나.

난 이 세상에 살기엔 너무 어린애 같고 어리석구나.

마가릿 왕비 〔방백〕 지옥으로 꺼져라 수치를 알고, 세상을 떠나,

넌 악령이야, 거기가 네 왕국이란다.

리버즈 우리 글로스터 경, 그 번잡했던 시절

지금 경께서 우리가 적이었다고 상기시켜 주시는 바

그때 우리는 우리의 주인, 우리의 국왕 폐하를 따랐던 거요.

그렇게 우린 당신을 따랐을 거요, 당신이 우리 왕이었다면.

리처드 글로스터 내가 왕? 차라리 행상인을 하겠다.

난 그럴 마음 전혀 없어, 생각조차도 않는다.

엘리자베스 왕비 별로일 거라고, 경, 경께서

이 나라 왕 노릇을 생각하는,

바로 그만큼 별로일 거라고 생각해 주시오 내가

이 나라 왕비 노릇하는 것이.

마가릿 왕비 〔방백〕 아, 정말 왕비 노릇이야말로 별로로다,

바로 내가 왕비인데, 전혀 기쁨이 없거든.

　　　더 이상 참고 견딜 수가 없구나.

　　　　　〔왕비가 앞으로 나온다〕

　　　내 말 듣거라, 입씨름 중인 해적들, 갈라섰구나

　　　내게서 약탈해 간 것을 분배하다가.

　　　너희 중 누가 나를 보고 떨지 않겠느냐?

　　　내가 왕비고 너희가 신하라서 절하며 떠는 게 아니라면,

　　　날 폐위시켰기에, 너희가 역도처럼 몸을 떠는 것이렷다.

　　　　〔리처드에게〕 아, 고상하신 악당, 어딜 가려구.

리처드 글로스터　징그러운 쭈그렁 마녀, 내 눈 앞에서 뭔 짓이냐?

마가릿 왕비　네놈 저지른 죄를 열거해 주려는 것뿐이야,

　　　그런 연후에 널 보내 주마.

　　　남편과 아들 하나를 네놈이 내게 빚졌지,

　　　　〔엘리자베스에게〕 네년은 왕국을, 〔나머지에게〕 네놈들 모두는

　　충성을 빚졌노라.

　　　내가 지닌 이 슬픔은 법적으로 너희 것이고,

　　　너희가 찬탈한 온갖 즐거움은 나의 것이다.

리처드 글로스터　나의 고결하신 아버님께서 네게 내렸던 저주—

　　　네년이 호전적인 그분 이마에 종이 왕관을 씌우고

　　　조롱의 말로 그분 눈에서 강물을 흐르게 하고,

　　　그런 다음, 그것을 말리라고, 공작께 손수건,

　　　예쁜 러틀랜드의 죄 없는 피로 적신 그것을 내밀었을 때—

　　　그때 그분의 저주, 영혼의 쓰라림이

　　　네게 퍼부었던 그것이, 모두 네게 내린 것이야,

　　　하나님께서, 우리가 아니라, 네 피비린 행동을 벌한 것이고.

엘리자베스 왕비 〔마가릿에게〕 그토록 정의롭지 하나님은 순진무구
　　한 이를 바로 세우는 일에.
헤이스팅스 경 〔마가릿에게〕 오, 그 아기를 죽이다니, 그건 가장 비
　　열한 행위였고,
　　　들던 중 가장 잔혹한 짓이었느니.
리버즈 〔마가릿에게〕 폭군도 울었노라 그 얘기를 듣고는.
도싯 〔마가릿에게〕 모든 사람들이 그 짓에 대한 복수를 예언했지.
버킹검 〔마가릿에게〕 노섬벌랜드도, 그때 있다가, 그걸 보고 울고
　　말았어.
마가릿 왕비 뭐라? 너희가 내가 오기 전에 온통 으르렁대고,
　　　서로의 멱살을 잡을 태세더니,
　　　너희의 미움 일체를 이제 내게 돌리느냐?
　　　요크의 무서운 저주가 하늘을 얼마나 설복시켰길래
　　　헨리의 죽음, 내 사랑스런 에드워드의 죽음,
　　　왕국의 상실, 나의 고통스런 추방을
　　　모두 합해야 고작 성마른 개구쟁이 하나와 맞먹는다는 거
　　나?
　　　저주가 구름을 뚫고 하늘나라로 들어갈 수 있다고?
　　　좋다 그렇다면, 길을 내라, 아둔한 구름, 내 생생한 저주에!
　　　전쟁 아니라면, 많이 처먹다 뒈져 버려라 네놈들의 왕,
　　　우리의 왕 그를 왕으로 만들려는 살인에 의해 죽었으니.
　　　〔엘리자베스에게〕 네 아들 에드워드, 현 웨일즈 공 세자는,
　　　내 아들 에드워드, 왕년의 웨일즈 공 세자에 맞먹게,
　　　어려서 죽어 버려라 유사한, 때아닌 폭력에 의해.
　　　너 자신은, 여왕이니, 여왕이었던 나와 맞먹게,

너의 영화보다 더 오래 살거라 비참한 내 자신처럼.

너는 오래 살거라—살다가 울부짖거라 네 아이의 죽음을,

그리고 보거라, 내가 지금 너를 보듯, 또 다른 이가

네 권리를 입은 것을, 네가 내 자리에 앉은 것처럼.

너의 행복했던 시절 오래도록 죽어 있어라 네가 죽기 전에,

그리고 숱하게 연장된 슬픔의 시간이 지난 후

죽거라, 어머니도, 아내도, 잉글랜드 여왕도 아닌 신세로.—

리버즈와 도싯, 너희는 방관자였지,

당신도 그랬어, 헤이스팅스 경, 내 아들이

피비린 단검에 찔렸을 때 말이다. 내 하나님께 기도하노니,

너희 중 누구도 자연 수명을 누리지 못하고,

잘려 나가리라 예기치 않은 사고에 의해.

리처드 글로스터 주문은 그만 읊지, 이 가증스런, 할망구 마녀야.

마가릿 왕비 그리고 너는 빼 달라고? 멈춰라, 개, 내 말 들어야지.

하늘에 마련된 가혹한 재앙 중

내가 네놈한테 안길 것보다 더 지독한 것이 있다면,

오 하늘이 그것을 네놈 죄악 무르익을 때까지 간직했다가,

퍼붓게 하라 그 분노를,

너, 불쌍한 세상의 평화를 어지럽히는 네놈한테 말이다.

양심의 벌레 늘 네 영혼을 갉아 먹으라.

네 친구들 네 살아생전 반역자로 의심받고,

음흉한 반역자들 네 가장 소중한 친구로 여기라.

어떤 잠도 닫아 주지 말라 너의 그 치명적인 눈을,

어떤 고문의 악몽이 너를

추악한 악마들의 지옥으로 질겁케 하는 동안 말고는.

너 못된 요정이 일그러뜨린, 기형의, 흙 뒤지는 멧돼지,

　　　너, 날 때부터 봉인 찍힌,

　　　자연의 노예이자 지옥의 아들,

　　　너, 네 슬픈 에미 자궁의 추문,

　　　너, 네 애비 생식기의 혐오스런 소산,

　　　너, 명예의 넝마, 너 혐오스런—

리처드 글로스터　마가릿.

마가릿 왕비　리처드.

리처드 글로스터　하?

마가릿 왕비　네놈을 부른 게 아냐.

리처드 글로스터　그렇담 정말 미안하게 됐군, 난 또

　　　네가 날 부르는 줄 알았지 그 모든 원한 품은 이름으로.

마가릿 왕비　물론 널 칭한 거였다만, 대답하라는 건 아니었어.

　　　오 내 저주에 방점을 찍게 해 주렴.

리처드 글로스터　내가 찍어 줬잖나, '마가릿'으로 끝나게.

엘리자베스 왕비　〔마가릿에게〕 그렇게 넌 저주를 너 자신한테 뱉었

　　　지.

마가릿 왕비　불쌍한 겉치레 왕비, 내 운명의 공허한 장식품,

　　　왜 너는 설탕을 뿌려 주는 거냐 저 빵빵하게 부푼 거미한테

　　　치명적인 거미집이 네게 올가미를 씌우고 있건만?

　　　바보, 멍청이로다, 너는 네 자신을 죽일 칼날을 갈고 있어.

　　　오고 말 것이다 네가 내게 요청할 날이

　　　이 독 품은 곱사등이 두꺼비 저주를 도와달라고 말이다.

헤이스팅스 경　엉터리 예언녀, 끝내거라 네 정신 나간 저주를,

　　　우리 인내의 한계를 시험하다 네가 큰코다치기 전에.

마가릿 왕비 비열하고 뻔뻔스럽구나, 너희 모두 내 인내를 폭발시
    켰거늘.
리버즈 제대로 혼이 났다면, 예의를 배웠을 텐데.
마가릿 왕비 제대로 하려면 내게 예를 표해야 할 것들이.
    나는 왕비고, 네놈들은 신하란 말이다.
    오 나를 제대로 대접하고, 너희는 예를 배우라.
도싯 말 섞을 것 없소, 미친 여잡니다.
마가릿 왕비 다물라, 후작 선생, 무엄하구나.
    네 칭호는 주조된 지 얼마 안 되어 아직 유통 전이로다.
    오 너희 젊은 귀족들이 알아야 하는데
    칭호 잃고 비참해진다는 게 뭔지 말이다.
    높은 데 선 사람 숱한 돌풍에 흔들리고,
    추락하면 땅바닥에 산산조각 나는 법이란다.
리처드 글로스터 좋은 말이오, 정말!―배워요, 배워 두라구, 후작.
도싯 경한테 해당되는 말이네요, 공작, 나만큼이나.
리처드 글로스터 그래요, 훨씬 더 그렇고, 하지만 난 태생이 높지.
    우리 독수리 새끼들은 삼나무 꼭대기에 집을 짓고,
    바람과 농탕을 치고, 태양을 비웃거든.
마가릿 왕비 태양을 그늘로 바꾸고, 아아, 아아!
    증언하라 내 아이, 지금은 죽음의 그늘 속에 있는,
    그 아이의 찬란히 발하는 광선을 네 구름 흐린 분노가
    영원한 어둠으로 접어 버렸나니.
    네 독수리 새끼 우리 독수리 새끼 둥지에다 집을 지었지.―
    오 하나님 그것을 보셨으니, 그대로 두지 마소서,
    피로 얻은 것이니, 피로 잃게 하소서.

리처드 글로스터 닥쳐라, 닥쳐! 수치를 알아야지, 자선은 모른다
    쳐도.
마가릿 왕비 자선도 수치도 내게 역설할 것 없다.
    자선으로 네가 나를 대하지 않았고,
    수치스럽게 내 희망은 네놈에 의해 도살되었어.
    나의 자선은 나의 분노고, 삶은 치욕의 그것이다
    그리고 그 치욕 속에 여전히 내 슬픔의 분노가 사니라.
버킹검 그만하세요. 됐습니다.
마가릿 왕비 오 군주다우신 버킹검, 내 그대 손에 입 맞추겠소
    그대와 동맹과 우호의 징표로.
    그대와 그대의 고결한 가문에 행운이 내리기를!
    그대 의상은 우리의 피로 더럽혀지지 않았소,
    그대가 내 저주의 반경 안에 있지도 않고 말이오.
버킹검 이 자리 누구라도 그렇소, 저주는 결코 넘어가지 않거든
    그것을 허공에 내뱉는 자의 입술 너머로 말이오.
마가릿 왕비 내 생각은 오로지 그것이 하늘로 올라가서
    깨우리라는 것이오 하나님 조용히 잠드신 평화를.
    오 버킹검, 조심하시오 저쪽의 개를.
        〔그녀가 리처드를 가리킨다〕
    그가 꼬리칠 때 조심해요, 뭅니다, 그리고 물게 되면,
    그의 독 이빨이 곪은 상처를 내어 죽게 만들 거요.
    아예 연관을 끊어요, 경계하셔야죠,
    죄악, 죽음과, 지옥이 표시를 해 놓았고,
    그것들의 모든 종들이 시중을 드는 놈이니까요.
리처드 글로스터 그녀가 뭐라는 거요, 우리 버킹검 경?

버킹검 뭐 별 얘기 아닙니다, 자애로우신 공작.

마가릿 왕비 뭐라, 일껏 해 준 내 충고를 경멸하고,

　　　내가 관계 끊으라 경고한 그 악마의 비위를 맞춰?

　　　오 하지만 기억하시오 내 말을 이다음에,

　　　그가 당신의 심장 바로 그것을 슬픔으로 쪼개고,

　　　말하리라, '불쌍한 마가릿이 예언녀였느니라'라고.―

　　　너희는 각자 종으로 살거라 그의 증오에,

　　　그는 너희의 증오에, 그리고 모두 하나님의 증오에 종으로.

　　　〔퇴장〕

헤이스팅스 머리칼이 곤두서는군요 그녀의 저주를 듣자니.

리버즈 나도 그래요. 어떻게 풀려났나 모르겠군.

리처드 글로스터 난 그녀 탓 못하오, 참으로.

　　　그녀가 너무 많이 당했잖소. 그리고 난 후회가 되오

　　　그중 내가 그녀한테 저지른 대목이.

엘리자베스 왕비 난 그녀한테 아무 해도 끼치지 않았소, 내가 알기
로.

리처드 글로스터 하지만 그녀가 입은 해악의 혜택을 다 챙겼지.

　　　난 누굴 위해 너무도 열심히 좋은 일을 했는데,

　　　그 사람은 이제 그 일을 너무 차갑게 생각하누만.

　　　정말, 클래런스로 말하자면, 그는 보상을 제대로 받았군,

　　　그 공을 세우고 우리에 갇혀 살찌다 도살당할 신세 아닌가.

　　　하나님 용서하소서 그 일의 원인인 자들을.

리버즈 덕망 있고 기독교인다운 태도시오,

　　　우릴 해코지한 자들을 위해 기도하시다니.

리처드 글로스터 난 늘 그렇소― 〔방백〕 잘하는 일이지,

지금 내가 저주를 했다면, 내 자신을 저주한 거니까.

　　　윌리엄 케이츠비 경 등장

케이츠비　마마, 폐하께서 찾고 계시옵니다,
　　　저하도, 그리고 여기 계신 대신분들도요.
엘리자베스 왕비　케이츠비, 곧 가마—경들, 함께 가시겠소?
리버즈　저희가 모시겠나이다.

　　　모두 퇴장. 리처드는 남는다.

리처드 글로스터　난 해를 끼치고, 먼저 탄원을 시작한다네.
　　　내가 작동시키는 은밀한 해악을
　　　내가 다른 이들을 겨냥한 심각한 고소거리로 삼는 거야.
　　　클래런스, 내가 정말 어둠 속에 처박았으나,
　　　난 그 일을 제대로 슬퍼하지 잘 믿는 바보들한테—
　　　이를테면, 더비, 헤이스팅스, 버킹검한테—
　　　그리고 말하지 그들에게, '왕비와 그 일당들이
　　　왕을 부추겨 내 형 공작을 겨냥케 한 거요'.
　　　이제 그들은 그걸 믿고, 그 일로 날 자극하네
　　　복수하라고 리버즈, 도싯, 그레이한테 말이지,
　　　하지만 그때 난 한숨을 쉬고, 성경 쪼가리 따위로
　　　그들에게 말해요 하나님은 악을 선으로 갚으라 하신다고,
　　　그리고 이렇게 난 입히는 거야 내 적나라한 무뢰에
　　　성경에서 훔친 낡은 누더기 구절을,
　　　그리고 성인처럼 보인다 내가 악마 노릇이 한창일 때에.

　　　〔두 살해범 등장〕

하지만 잠깐, 저기 내 사형 집행인들이 오는군.—

왔는가, 나의 끈질기고, 강건하고, 결연한 친구들!

이 일을 해치울 작정은 섰나?

한 살해범 섰습니다, 나리, 하여 영장을 받으러 왔습니다,

그가 있는 곳으로 우리가 들어갈 수 있도록.

리처드 글로스터 잘 생각했네, 그건 내가 여기 갖고 왔지.

〔그가 그들에게 영장을 준다〕

일이 끝나면, 크로스비 저택으로 와.

하지만 여보게들, 집행은 신속해야 하네,

냉혹해야 하고 말야. 그가 애원해도 듣지를 말아,

클래런스는 말을 잘하거든, 그리고 아마도,

불쌍한 마음이 들 게야, 그의 말에 귀를 기울이면.

한 살해범 츳, 츳, 나리, 잡담은 있을 수 없죠.

말 많은 사람 일 잘하는 거 못 봤습니다. 걱정 마세요,

우린 손을 쓰러 가는 거지, 혀를 놀리러 가는 게 아닙니다.

리처드 글로스터 바보들은 눈물을 흘리겠으나 너희 눈은 맷돌을 떨

어트려야 하느니.

마음에 드는군, 자네들. 곧장 착수하게.

가, 어서, 떠나라구.

살해범들 그리하겠습니다, 고결하신 나리.

리처드가 한쪽 문으로, 살해범들은 다른 쪽 문으로 퇴장

1막 4장
런던탑 안

클래런스 공작 조지와 로버트 브레이큰베리 경 등장

브레이큰베리 오늘 저하께서 표정이 어두우시네요?

클래런스 오 끔찍한 밤을 보냈네,

어찌나 두려운 꿈으로, 추악한 광경들로 가득 찼던지,

내 독실한 기독교인이지만,

그런 밤 다시 보내고 싶지 않아

그래서 행복한 시절의 세상을 살 수 있다 해도 말이지,

그토록 음산한 공포로 가득 찬 시간이었다네.

브레이큰베리 어떤 꿈이었는데요, 저하? 부디, 말씀해 주세요.

클래런스 아마 내가 런던탑 문을 깨고 나가서,

배를 타고 바다 건너 부르고뉴로 가는 모양이었고,

내 동생 글로스터도 같이 있었는데,

그가 객실에서 나와 산책을 하자더라구,

임시 갑판 위를, 거기서 우리가 잉글랜드 쪽을 바라보며

회상했지 천 번의 어려웠던 순간,

요크와 랭커스터의 전쟁 중

우리가 맞았던 순간을. 우리가

임시 갑판의 그 어지러운 발판 따라 걷는데

내 생각에 글로스터가 넘어졌고, 떨어지면서

처내더라고 나를—난 그를 잡아 주려는데—배 밖

대양의 뒹구는 파도 속으로.

오 주여! 얼마나 고통스럽게 느껴졌던지, 물에 빠져 죽는 게,

내 귀에 물소리가 얼마나 무시무시했던지,

내 시야에 얼마나 추악한 죽음의 광경이 펼쳐졌던지,

내 생각에 내가 본 것은 천 척의 끔찍한 난파선,

물고기들이 물어뜯는 만 명의 사람들,

황금 쐐기, 커다란 보석 장식 브로치, 진주 더미들,

헤아릴 수 없는 돌멩이들, 가치를 따질 수 없는 보석들이,

온통 흩어져 있었네 바다 밑바닥에.

어떤 것은 죽은 사람 해골 속에 놓였고, 한때 두 눈이

자리 잡았던 구멍 속으로, 기어들었네—

마치 눈을 경멸하듯—빛을 반사하는 주옥들이,

그것들이 심해의 점액질 밑바닥한테 구애를 하며

흩어진 죽은 뼈들을 조롱하고 말이지.

브레이큰베리 죽음의 시간에 그리 여유가 있었습니까,

심해의 이런 비밀들을 살펴보셨다니?

클래런스 그랬던 것 같고, 종종 내가 정말 기를 썼지

영혼을 내놓으려, 하지만 그래도 계속 그 악의적인 조류가

내 영혼을 틀어막고는 나오질 못하게 하는 거야

그래야 텅 빈, 광활한, 그리고 떠다니는 대기로 나갈 텐데,

아예 내 헐헐대는 몸통 안에서 그걸 질식시킬 작정이라

몸이 터져 바닷속에 내뱉을 뻔했네 영혼을.

브레이큰베리 잠이 깨지 않으셨어요 그 심한 고뇌 중에도?

클래런스 아니, 안 깼어, 꿈이 이어졌지 죽음 이후까지.

오 그때 불어 닥쳤지 폭풍우가 내 영혼에!

지났어, 내 생각에, 음울한 강을,

시인들이 쓰곤 하는 그 찌무룩한 뱃사공과 함께,

들어갔지 영속적인 밤의 왕국 안으로.

내 이방인 영혼을 맨 먼저 맞이한 것은

나의 위대한 장인, 저명한 워릭,

그가 고함을 지르더군, '맹세를 깬 죄로 어떤 벌을

이 어두운 왕국은 내릴 수 있을까 거짓된 클래런스에게?'

그리고는 그가 사라졌지. 그런 다음 어슬렁 다가온 것은

천사 같은 유령, 찬란한 머리카락이,

피에 철버덕거려진, 그는 큰 소리로 비명을 질렀어,

'클래런스가 왔어, 거짓된, 변덕스런, 맹세 깬 클래런스,

튜크스버리 벌판에서 날 칼로 찔러 죽인 그가.

그를 잡아라, 복수 여신들아! 고문대로 데려가라!'

그 소리와 함께, 내 생각에 더러운 적의 군단이

날 에워쌌고, 내 귀에 울부짖는 고함이

어찌나 무시무시한지 바로 그 소리와 함께

내가 몸을 부들부들 떨며 깨어났고, 그러고도 한참 동안

지옥에 있는 것만 같더라니까.

이렇게 끔찍했다네 꿈 내용이.

브레이큰베리 저라도 마땅히, 나리, 겁에 질렸을 겁니다

전 소름이 돋을 것 같아요, 말씀을 전해 듣기만 해도.

클래런스 아, 브레이큰베리, 내가 이런 짓들,

지금 내 영혼 탄핵의 증거로 제시되는 그 짓들을 한 것은,

에드워드를 위해서였는데, 내가 받는 보답이 이 지경이니.

간수, 간청이니, 내 곁에 잠시 앉아 있어 주시오.

내 영혼 슬프고, 잠을 좀 자고 싶소.

브레이크베리 그러지요, 나리. 하나님께서 저하께 달콤한 안식 주

시기를.

〔클래런스가 잠든다〕

슬픔은 깸과 잠의 일상을 깨트리고,

밤을 아침으로, 정오를 밤으로 만드는구나.

군주들은 칭호만 명예로 지닐 뿐이다,

겉보기 명예지, 마음의 고단함을 가리는,

그리고 만져지지도 않는 상상의 만족 때문에

그들은 종종 만질 듯 느끼지 불안한 근심의 세계를,

그래서 그들의 칭호와 비천한 이름 사이

다른 것은 외형의 명성 밖에 없지.

두 살해범 등장

첫 번째 살해범 호, 누구 없소?

브레이크베리 무슨 일인가, 친구? 그리고 어떻게 이리 왔는가?

두 번째 살해범 클래런스와 얘기를 나눌 일이고, 여기는 내 다리로

걸어 왔소.

브레이크베리 뭐요, 그리 간략히?

첫 번째 살해범 그게 낫잖소, 선생, 장황한 거보다는. 〔두 번째 살해범

에게〕 허가증을 보여 드리게, 더 이상 말할 거 없이.

브레이크베리가 읽는다.

브레이크베리 영장이구려
　　　고결한 클래런스 공작을 당신들한테 넘겨주라는.
　　　이게 무슨 뜻인지는 따지지 않겠소,
　　　그 뜻에 대해 무죄이고 싶으니까.
　　　여기 공작께서 주무시고 계시오, 열쇠는 거기 있고.
　　　〔그가 열쇠를 바닥에 던진다〕
　　　난 국왕께 가서 알려 드리겠소
　　　이렇게 내가 당신들한테 내 맡은 바 임무를 넘겼다고.
첫 번째 살해범 그러시구려, 선생. 그게 현명의 요점이지. 잘 가요.

　　　브레이크베리 퇴장

두 번째 살해범 이거, 자는 중인데 찔러야 할까 봐?
첫 번째 살해범 안 되지, 비겁한 짓이었다 그럴걸, 깨어나서는.
두 번째 살해범 아니, 그는 결코 못 깨지 위대한 심판의 날까지는.
첫 번째 살해범 어라, 그때 그가 말하겠구나 우리가 자고 있는 그
　　　를 찔렀다고.
두 번째 살해범 '심판'이란 말이 옥박을 지르니 회개심 같은 게 생
　　　겨나는군.
첫 번째 살해범 뭐야, 겁먹은 거야?
두 번째 살해범 죽이는 건 겁 안 나, 허가증이 있으니까, 그를 죽여
　　　서 지옥 갈까 봐 겁나는 거지, 그건 허가장 따위로 안 되는 거
　　　잖아.
첫 번째 살해범 난 네가 결의가 단단한 놈인 줄 알았는데.

두 번째 살해범 내 결의는 단단해—그를 살려 줄 결의가.

첫 번째 살해범 글로스터 공작한테 돌아가서 그렇게 말할게.

두 번째 살해범 아냐, 자네. 잠깐 있어 봐. 동정적인 내 기분이 바뀔
　　　거야. 그런 기분 늘 들었지만 이십까지 셀 동안뿐이더라구.

　　　　그가 이십까지 센다.

첫 번째 살해범 이제 기분이 어떤가?

두 번째 살해범 약간의 양심 찌꺼기가 내 안에 아직 남아 있는데.

첫 번째 살해범 보수를 생각해, 이 일을 마치고 받을.

두 번째 살해범 정말, 죽여야겠군. 보수를 깜빡했네.

첫 번째 살해범 이제 네 양심은 어딨는 게냐?

두 번째 살해범 오, 글로스터 공작 지갑 속에 있지.

첫 번째 살해범 그가 우리한테 보수를 주려고 지갑을 열면, 네 양
　　　심이 달아날 텐데.

두 번째 살해범 상관없어. 가라 그래. 그걸 받아 줄 사람 얼마 없거
　　　나 전혀 없으니까.

첫 번째 살해범 너한테로 다시 오면?

두 번째 살해범 아는 체를 말아야지. 양심 그놈은 사람을 겁쟁이로
　　　만들어요. 욕을 좀 하면 반드시 그놈 제제 들어오거든. 뭘 좀
　　　훔쳤다 하면 꼭 그놈 고소 들어오거든. 이웃의 아내와 잤다
　　　하면 반드시 간파해 내고. 그놈은 부끄러워하는, 창피해하는
　　　유령이지, 사람 가슴에서 반란을 일으키는. 사람을 장애물로
　　　가득 채우지. 그놈 때문에 내가 우연히 주운 금화 지갑을 돌
　　　려주었다고. 그놈과 같이 다니면 누구나 쪽박 차게 되지. 읍
　　　과 도시에서도 쫓겨나요 위험한 놈이라고. 그리고 잘살려는

사람은 누구나 자신을 믿고 그놈은 없이 살려 노력하지.

첫 번째 살해범 정말, 그놈이 바로 지금 내 팔꿈치를 찌르며, 공작
　　　죽이지 말라고 썰을 풀고 있군.

두 번째 살해범 악마를 마음에 받아들이고, 그놈은 믿지 마. 그놈
　　　이 알랑방귀 뀌는 이유는 오로지 널 한숨짓게 만들기 위해서
　　　니까.

첫 번째 살해범 나도 말깨나 하는 사람이야, 그놈이 날 설득할 수
　　　는 없지.

두 번째 살해범 그래야지 자신의 명성을 존중하는 용감한 사내라
　　　면. 자, 시작해 볼까?

첫 번째 살해범 네 칼자루로 수박을 깨 버린 다음, 옆 방 맘지 포도
　　　주 통에 처박아 두면 되겠다.

두 번째 살해범 오 탁월한 안이다!—포도주 적신 빵이라.

첫 번째 살해범 쉿, 그가 깨어난다.

두 번째 살해범 쳐!

첫 번째 살해범 아냐, 얘기좀 해보자구.

클래런스 어디 있는가, 간수는? 포도주 한 잔 주시게.

두 번째 살해범 실컷 마시게 될 거요, 나리, 이제 곧.

클래런스 하나님의 이름으로, 누구시오?

첫 번째 살해범 사람이오, 당신처럼.

클래런스 하지만 나와 다르지, 난 왕족이니까.

첫 번째 살해범 당신도 우리와 다르고, 우린 신민이니까.

클래런스 그대 목소리는 천둥이지만, 표정은 겸손하도다.

첫 번째 살해범 내 목소리는 지금 왕의 것, 내 표정은 내 자신 것.

클래런스 참으로 어둡고 참으로 치명적인 말투로다.

그대 눈이 날 정말 으르는구나. 왜 얼굴은 그리 창백한가?

누가 그대를 이리 보냈지? 왜 온 것인가?

두 번째 살해범 그건, 그건, 그건—

클래런스 날 살해하기 위해서.

두 살해범 그래, 맞아.

클래런스 그 말 하기를 꺼리는 걸 보니,

그렇게 하는 걸 꺼리지 않을 수가 없겠구나.

어떤 면에서, 친구들, 내가 그대들을 화나게 했는가?

첫 번째 살해범 우리가 아니지 당신이 화나게 한 것은, 왕이지.

클래런스 난 그분과 다시 화해하게 될 것이다.

두 번째 살해범 그럴 일 없으니, 나리, 죽을 준비를 하시오.

클래런스 그대들이 사내들 세계에서 뽑혔는가

죄 없는 자의 살해자로? 내 죄가 무엇인가?

어디 있는가 나를 고소하는 증거는?

어떤 합법적인 배심이 평결을 제출했는가

눈살 찌푸리는 판사에게, 혹은 누가 내렸는가

불쌍한 클래런스의 죽음이라는 모진 선고를?

내가 법 절차에 따라 죄인이 되기도 전에,

날 사형시키겠다 위협하는 것은 아주 불법적인 일.

내 명하노니, 그대들이 구원을 그리스도의 소중한 피,

우리의 무거운 죄 때문에 흘린 그 피로 받고자 한다면,

이곳을 떠나고 내 몸에 손대지 말라.

그대들이 하려는 행위는 지옥에 갈 죄로다.

첫 번째 살해범 무엇을 하든, 우린 명에 따른 것이오.

두 번째 살해범 그리고 명을 내리신 분은 우리 왕이오.

클래런스 판단력 흐린 신민이로다, 위대한 왕들의 왕께서
     십계명으로 명하셨다
     살인하지 말라고. 그렇다면 너희가
     그분 가르침에 콧방귀 뀌고, 인간의 명은 수행할 것이냐?
     조심하라, 왜냐면 그분이 손에 복수를 쥐고 계시나니
     그의 율법을 깨는 자 머리에 팔매 치려 하심이니라.
두 번째 살해범 바로 그 복수를 그분이 정말 네게 팔매 치신다,
     거짓 맹세한 죄로, 그리고 살인죄로도 또한.
     너는 성체로 선서를 했었구나 싸우겠다고
     랭커스터 가문 편에서 말이다.
첫 번째 살해범 그리고, 하나님의 이름에 반역자처럼,
     깼어 그 맹세를, 그리고 네 기만적인 칼날로
     갈랐다 네 주군 아들의 내장을.
두 번째 살해범 네가 소중하게 지키겠다는 그를 말이다.
첫 번째 살해범 네가 어떻게 하나님의 경외로운 율법을 우리한테
     역설한단 말이냐
     너는 그리 심각할 정도로 어겨 놓고서?
클래런스 아, 누굴 위해 내가 했겠는가 그 나쁜 짓을?
     에드워드를 위해, 내 형을 위해, 그를 위해서였느라.
     그는 이 일로 날 살해하라고 너희를 보낸 게 아냐,
     왜냐면 그 죄에 그는 나 못지않게 깊이 빠져 있거든.
     하나님께서 그 일을 복수하실 뜻이 있다 하더라도
     오 너희는 알아 두거라, 그분은 공개적으로 하시느니라.
     송사를 빼앗지 마라 그분의 강력한 팔에서,
     그분은 간접적 혹은 불법적 경로가 전혀 필요하지 않느라

그분을 화나게 하는 자를 잘라 내는 데 말이다.

첫 번째 살해범 그렇담 누가 널 피비린 대리인으로 삼았는가

　　　멋지고 활기 넘치고 용감한 플랜타저넷,

　　　그 군주다운 청년을 네가 쳐 죽였을 때에?

클래런스 형에 대한 나의 사랑, 악마와, 나의 분노가 그랬느니라.

첫 번째 살해범 네 형에 대한 사랑, 우리의 의무와, 네 잘못이

　　　우릴 부추긴다 지금 여기서 널 도살하라고.

클래런스 너희가 정말 내 형을 사랑한다면, 나를 미워 말아 다오.

　　　난 그의 동생이고, 나는 그를 무척 사랑하노라.

　　　보수 때문에 고용된 것이라면, 다시 돌아가거라,

　　　그러면 내 너희를 내 동생 글로스터에게 보낼 것이고,

　　　그가 내 목숨 값을 더 많이 줄 것이다

　　　에드워드가 내 죽음 소식 값으로 주는 것보다 더.

두 번째 살해범 너는 속았어. 네 동생 글로스터는 널 미워하지.

클래런스 오 아냐, 그는 날 사랑해, 그리고 소중하게 여기지.

　　　내가 보내서 왔다고 하거라.

첫 번째 살해범 그래, 그럴 것이야.

클래런스 전하라 그에게, 우리의 아버님 군주 요크께서

　　　승리의 팔로 그의 세 아들을 축복하시고,

　　　그분 영혼의 명으로 우리에게 서로 사랑하라 하셨을 때,

　　　그분은 이 분열된 형제애를 상상 못하셨을 것이라고.

　　　글로스터에게 이것을 생각하라고 하면, 그가 울리라.

첫 번째 살해범 그래, 맷돌을 떨구겠지, 우리한테 그러라 했으니.

클래런스 오 그를 중상모략하지 마라, 그는 정이 많은 사람이야.

첫 번째 살해범 추수 때 눈처럼. 이봐, 너는 속고 있어.

바로 그가 널 죽이라고 우릴 이리 보냈다구.

클래런스 그럴 리 없어, 그는 내 불운을 울어 주었고,

　　　　양팔로 날 안아 주었고, 흐느낌으로 맹세했어

　　　　나의 방면을 위해 애쓰겠노라고 말이다.

첫 번째 살해범 그래, 그러고 있다구, 너를 방면하는 거지

　　　　이승의 예속 상태로부터 하늘나라의 기쁨으로 말야.

두 번째 살해범 하나님과 화해하시지, 분명 죽을 테니, 나리.

클래런스 그대는 그대 영혼에 그 거룩한 감정이 있어

　　　　나더러 하나님과 화해하라 조언하면서도,

　　　　그대 자신의 영혼에는 그토록 눈이 멀어

　　　　하나님과 전쟁을 벌이려 하는가 날 살해함으로써?

　　　　오 이보게들, 생각해 보게. 자네들한테 이 일을 하라고 시킨

　　　　자들이 자네들을 증오할 것이야 이 일을 했다는 이유로.

두 번째 살해범 〔첫 번째에게〕 어쩌지?

클래런스 뉘우치라, 그리고 너희 영혼을 구하라!

첫 번째 살해범 뉘우쳐? 아니지. 그건 비겁하고 여자 같은 짓.

클래런스 뉘우치지 않음은 짐승 같고, 야만적이고, 악마 같은
　　　짓.—

　　　　나의 친구여, 그대 표정에서 어떤 긍휼이 엿보이는구려.

　　　　오 그대 눈이 날 속이는 게 아니라면,

　　　　그대는 내 편에 서서, 날 위해 애원해 주시게.

　　　　애걸하는 군주일세, 거지인들 불쌍하다 안 여기겠는가?

　　　　그대들 중 누군들, 군주의 아들이면서,

　　　　지금 나처럼 자유를 제한받고 있는데,

　　　　그대들 같은 살인자들이 다가온다면,

목숨을 구걸하지 않겠는가? 그대가 애걸할 것과 같이

그대가 나의 고통에 처해 있다면 말이오—

두 번째 살해범 뒤를 조심하세요, 나리!

첫 번째 살해범 〔클래런스를 찌르며〕 받아라 이것, 이것도! 이래도 안
되면,

방 안의 맘지 포도주 통에 담가 줄 밖에.

클래런스의 몸을 끌고 퇴장

두 번째 살해범 피에 굶주린 짓이다, 필사적인 처치고!

오 정말, 빌라도처럼, 내 손을 씻고 싶구나

너무도 무거운, 죄 많은 살해 행위를 씻어 내고 싶어.

첫 번째 살해범 등장

첫 번째 살해범 뭐야? 어쩌자는 거냐, 날 돕지 않다니?

맹세코, 공작께 알려 드릴 테다 네가 얼마나 꾸물댔는지.

두 번째 살해범 내가 그분 형을 구했다고 알려 드렸으면 싶군.

돈은 네가 갖거라, 그리고 그분께 내 말 전해 다오,

왜냐면 난 정말 후회된다 공작께서 살해되신 것이. 〔퇴장〕

첫 번째 살해범 난 그리 안 하지. 가라, 넌 겁쟁이니까.—

그래, 시신을 어디 구멍 같은 데 숨겨 둬야겠구나

공작께서 매장하라는 명을 주실 때까지.

그리고, 내 보수를 받으면, 난 튀어 가겠다.

왜냐면 시신은 나오게 되어 있지, 그러니 난 머물면 안 되고.

퇴장

제 2 막

그들 자신이 승리자더니,

그들 자신과 전쟁을 벌였지, 형제가 형제와,

핏줄이 핏줄과, 자아가 자아에 맞서. 오 터무니없이

미쳐 날뛰는 난폭이여, 멈추라 지옥에 떨어질 네 악의를.

2막 1장

궁정, 런던

화려한 취주. 병중인 에드워드 왕, 엘리자베스 왕비, 도싯 후작,
리버즈 경, 헤이스팅스 경, 윌리엄 케이츠비, 버킹검 공작 및 그레
이 경 등장

에드워드 왕 아무렴, 그래야지! 일이 아주 잘 풀린 하루였도다.

　　　귀족분들, 이 우의 단결을 지속해 주시오.

　　　나는 매일 기대하고 있는 몸이오 대사를

　　　나의 구세주께서 보내시어 날 구원해 가 주시기를,

　　　그리고 보다 평화로이 내 영혼 하늘나라로 가게 될 것이오

　　　내가 내 친구들을 지상에서 평화로이 지내게 했으니.

　　　헤이스팅스와 리버즈, 서로 손을 잡으라.

　　　증오를 숨기라는 게 아니고 사랑을 맹세하라는 것이오.

리버즈 하늘에 맹세코, 내 영혼은 원한과 증오를 씻어 냈사옵고,

　　　제 손으로 봉인하나이다 제 진정한 마음의 사랑을.

　　　　　그가 헤이스팅스의 손을 잡는다.

헤이스팅스 경 제 앞날 밝히소서, 저도 진정 같은 맹세를 함입니다.

에드워드 왕 조심하시오 그대들 왕 앞에서 허언이 되지 않도록,

　　　아니면 최상의 왕중왕께서

감춰진 그대 거짓을 격파하시고, 역사하실지 모르니

　둘 중 한 분이 다른 분의 끝장이 되게끔 말이오.

헤이스팅스 경　제 앞날 창창케 하소서, 완벽한 사랑을 맹세하오니.

리버즈　저도요, 헤이스팅스를 진심으로 사랑하옵니다.

에드워드 왕　〔엘리자베스에게〕왕비, 왕비 자신도 이 일에서 예외가

　아니오.

　왕비 아들 도싯도.—버킹검, 그대도.

　그대들은 파당을 일삼았소 서로에 맞서.

　부인, 헤이스팅스 경을 사랑해 주시오, 손에 입 맞추게 하고—

　그리고 하는 일에, 가식이 없도록 하시오.

엘리자베스 왕비　〔헤이스팅스가 입을 맞추게끔 손을 내밀며〕자, 헤이스

　팅스, 나는 결코 다시 기억하지 않겠습니다

　우리의 옛 원한을. 제 앞날 밝혀 주소서, 제 가문의 앞날도.

에드워드 왕　도싯, 그를 껴안거라. 헤이스팅스, 후작을 사랑해 주오.

도싯　이 사랑 교환을, 이 자리에서 천명하거니와,

　저는 결코 어기지 않을 것입니다.

헤이스팅스 경　나도 그리 맹세하는 바이고.

　　　　그들이 서로 껴안는다.

에드워드 왕　이제, 군주다우신 버킹검, 경께서 이 우의를

　봉인해 주오 그대가 내 아내의 동맹들과 포옹함으로써,

　그리고 날 기쁘게 해 주시오 그대들의 화합으로.

버킹검　〔엘리자베스에게〕버킹검이 행여 자신의 증오를

　마마께 돌린다면, 그리고 지극 충성의 사랑으로

　마마와 마마 가문을 돌보지 않는다면, 하나님 절 벌하소서

내가 가장 드높은 사랑을 기대하는 자의 증오로써.

제가 가장 절실하게 친구를 필요로 할 때,

그리고 그가 친구라고 가장 확실하게 믿고 있을 때에,

간악하고, 속이 텅 비고, 기만적이고, 술수투성이게 하소서

그가 나에게. 그리하시라고 나는 하늘에 애원합니다,

마마와 마마 가문에 대한 나의 사랑이 차가워진다면.

　　　그들이 서로 포옹한다.

에드워드 왕 기분 좋은 강장제구려, 군주다운 버킹검,

　　　그대의 이 맹세가 내 병든 가슴에.

　　　내 동생 글로스터가 여기 이 자리에 없어 아섭도다,

　　　있다면 이 평화에 축복의 방점을 찍었을 텐데.

　　　리처드 래트클리프 경과 글로스터 공작 리처드 등장

버킹검 그리고 때맞추어

　　　리처드 래트클리프 경과 공작께서 저기 오시네요.

리처드 글로스터 문안드립니다 국왕 폐하와 왕비마마.—

　　　그리고 군주다우신 귀족분들, 행복한 시간 되시기를.

에드워드 왕 정말 행복한 시간을, 우리는 오늘 보냈구나.

　　　동생, 짐이 좋은 일을 했노라,

　　　반목을 평화로, 증오를 아름다운 사랑으로 바꿔 냈어,

　　　오해와 자존심과 울화로 들끓어 오른 귀족 사이 말이다.

리처드 글로스터 축복받으실 수고십니다, 나의 주군.

　　　이 자리에 계신 군주분들 중 어떤 분이라도

　　　거짓된 정보 혹은 잘못된 추측으로,

나를 적으로 간주하신다면,

내가 본의 아니게 혹은 분을 못 이겨

깊이 앙심 품게 할 만한 일을 저질렀다면

이 자리에 계신 어느 분이든, 나는 요망하오

나를 화해시켜 주시오 그분의 우정 어린 평화와.

반목한다는 것은 내게 죽음이오.

난 그걸 증오하고, 갈망하오 모든 훌륭한 이들의 사랑을.—

우선, 마마, 난 간청합니다 진정한 평화를 마마한테서,

그것을 저는 충성으로 살 것입니다.—

그대, 고결한 나의 친척 버킹검한테서,

만에 하나 우리 사이 유감이 남아 있다면.—

그대, 리버즈 경한테서, 그리고 그레이 경 그대한테서,

모두 전혀 근거 없이 내게 눈살을 찌푸린 분들이지만.—

공작들, 백작들, 대신들, 신사들, 정말 모두한테서 말이오!

난 알지 못하오 살아 있는 잉글랜드인 누구든

내 영혼이 조금이라도 불화 소지를 느끼는 사람을,

오늘 태어난 아이가 그럴 것이듯.

하나님께 감사드립니다 나의 겸손을.

엘리자베스 왕비 차후 이 날을 공휴일로 할 것이오.

하나님께서 모든 분쟁을 잘 해결해 주시기를.—

폐하, 참으로 폐하께 간청하오니

우리 시동생 클래런스도 폐하의 자비 곁에 두소서.

리처드 글로스터 뭐라, 왕비, 내가 이 꼴 보자고 호의를 보였소,

이렇게 국왕 안전에서 능멸을 당하려고?

누가 모르오 그 고결한 공작께서 죽었다는 것을?

〔그들이 모두 깜짝 놀란다〕

왕비께서는 너무하시오 그의 시신까지 모독하다니.

리버즈 그가 죽었는지 누가 모르냐고? 누가 아오 그가 그런 걸?

엘리자베스 왕비 전능하신 하나님, 이게 어찌된 일입니까?

버킹검 나도 그리 창백하오, 도싯 경, 다른 사람들처럼?

도싯 예, 공작님, 국왕을 뵙는 중인 분들 누구나

　　　뺨에서 혈색이 달아났군요.

에드워드 왕 클래런스가 죽어? 어명은 취소되었어.

리처드 글로스터 하지만 그는, 불쌍하게도, 첫 어명으로 죽었죠,

　　　그것은 날개 달린 머큐리가 모셔 갔고요,

　　　어떤 마지못한 절름발이가 반대 어명을 모셨는데,

　　　너무 늦어서 매장 시간도 지났답니다.

　　　하나님도 무심하시지 어떤, 덜 고결하고 덜 충성스런,

　　　피비린 생각으로는 더 가깝고, 혈통으론 그렇지 않은 부류가,

　　　가엾은, 클래런스보다 더한 꼴을 당하기는커녕

　　　명목 가치대로 통용되는군요 의심받지 않고.

　　　　　더비 백작 스탠리 경 등장

스탠리 〔무릎 꿇으며〕 청이 있나이다, 주군, 저의 충성을 감안하사.

에드워드 왕 부디, 다물라! 내 영혼 슬픔으로 가득 찼나니.

스탠리 계속 꿇고 있겠나이다, 폐하께서 제 말 들어 주실 때까지.

에드워드 왕 그렇다면 빨리 말하든지, 소청이 무엇이냐?

스탠리 구명이옵니다, 주군, 제 하인 놈의,

　　　이놈이 오늘 난동 부리는 신사 하나를 그만 죽였지 뭡니까,

최근 노포크 공작을 수행하던 신사였답니다.

에드워드 왕 내 혀가 내 동생을 죽이라 명했거늘,

그 혀로 노예를 용서해 달라고?

내 동생은 누구도 죽이지 않았다, 그의 잘못은 생각이었어,

그렇지만 그가 받은 벌은 가차 없는 죽음이었고.

누가 내게 청했던가 그를 위해? 누가 분노한 나의

발 아래 무릎 꿇고, 내게 간했는가 잘 생각해 보라고?

누가 형제애를 말했는가? 누가 사랑을 말했는가?

누가 내게 일러주었는가, 그 불쌍한 영혼이 버린 것은

강력한 워릭이었고 싸운 것은 날 위해서였다고?

누가 내게 일러주었는가, 튜크스버리 전장에서,

옥스퍼드가 날 쓰러뜨렸을 때, 그가 날 구해 주고,

'소중한 형, 살으세요, 그리고 왕이 되세요'라 말했다고?

누가 내게 일러주었는가, 우리 둘 다 전장에 누워,

거의 얼어 죽을 지경이었을 때, 어떻게 그가 날 감쌌는지

바로 그의 의상으로, 그리고 자신을 내맡겼는지

홑겹차림 알몸을 추위에 마비된 밤에?

이 모든 것을 기억에서 잔인한 분노가

죄 많게도 뽑아냈는데, 너희 중 한 사람도

그것을 내 마음에 집어넣어 줄 정도 자비가 없었지.

하지만 너희의 수레꾼 혹은 너희의 종자가

술 취한 도살을 자행하고, 우리 구세주의

소중한 닮은꼴을 손상하니까,

너희는 곧장 무릎을 꿇고 '용서, 용서!' 하는구나―

그리고 나는, 또한 부당하게, 들어줘야겠지 너의 소청을.

그러나, 내 동생을 위해서는, 한 사람도 말하려 하지 않았다.
나도, 자애롭지 못하게, 내 자신한테 말하지 않았지
그, 불쌍한 영혼을 위해. 너희 모두 중 가장 자부하는 자도
살아생전 그의 은혜를 입었노라.
하지만 너희 중 누구 하나 한 번도 그를 구명하려 하지 않았다.
오 하나님, 당신의 정의가 붙잡겠지요
저를—그대들도, 내 가문과, 그대들 가문도, 이 일 때문에.—
갑시다, 헤이스팅스, 날 침실로 좀 부축해 주시오.
아, 불쌍한 클래런스!

　　　왕과 왕비 및 몇 사람 퇴장

리처드 글로스터 경거망동하더니 기어이 일을 냈군. 보셨지요
　　　죄지은 왕비 일족이
　　　핼쑥해지지 않던가요, 클래런스 죽은 얘기를 듣고는?
　　　오 그들이 끊임없이 충동질했던 거요 국왕을.
　　　하나님께서 복수해 주실 겁니다. 갑시다, 경들, 가서
　　　에드워드를 곁에서 위로해 주지 않을 테요?
버킹검 저희가 모시겠습니다 저하를.

　　　모두 퇴장

2막 2장

늙은 요크 공작부인이 클래런스의 두 아이와 함께 등장

소년 착하신 할머니, 말해 줘요, 우리 아버지 돌아가셨어요?

요크 공작부인 아니다, 애야.

소녀 그럼 왜 할머니는 툭하면 울고, 가슴을 치고,

　　　소릴 지르는 거야, '오 클래런스, 나의 불행한 아들'이라고?

소년 왜 우릴 보고 머리를 흔들고,

　　　우리더러 고아니, 가여우니, 버림받았느니 그러는 거예요,

　　　우리 고결하신 아버님이 살아 계시다면?

요크 공작부인 내 이쁜 피붙이들, 둘 다 날 오해했구나.

　　　나는 국왕의 병세를 슬퍼하는 거란다.

　　　그를 잃기 싫으니까, 너희 아버지 죽음이 아니라.

　　　가버린 사람 두고 구슬피 우는 건 쓸데없는 슬픔이니.

소년 그 말씀은 결국, 할머니, 아버지가 돌아가셨다는 거죠.

　　　큰아버지 왕께서 마땅히 책임을 질 일이에요.

　　　하나님께서 복수해 주실 거야—내가 졸라 대야지

　　　열심히 기도하여, 반드시 그렇게 해 주십사고.

소녀 나도 그럴래.

요크 공작부인 쉿, 애들아, 입 다물어! 왕은 너희를 아주 좋아하셔.
　　　　　이해를 못하고 생각 얕은 순진한 아이들이니,
　　　　　짐작을 못하겠지 누가 너희 아버지를 죽게 했는지.
소년 할머니, 우린 할 수 있어요. 우리 훌륭하신 글로스터 삼촌이
　　　　　내게 말했거든 왕이, 왕비가 부추기니까,
　　　　　고발거리를 꾸며 내서 아버지를 가둔 거라고,
　　　　　그 얘기를 하면서 삼촌이 울었고요,
　　　　　내가 불쌍하다 했고, 친절하게 내 뺨에 입 맞추었어요,
　　　　　아버지한테 하듯 그한테 기대라 했고,
　　　　　날 자기 자식처럼 끔찍이 사랑하겠다 했어요.
요크 공작부인 아, 교활이 이리 부드러운 외양을 훔치고,
　　　　　미덕의 투구 면갑으로 속이 시커먼 악덕을 숨기게 되다니!
　　　　　그는 내 아들이지, 맞아, 그게 내 치욕이고,
　　　　　하지만 내 젖꼭지에서 그가 이 교활을 빤 것은 아냐.
소년 우리 삼촌이 속인다고 생각하세요, 할머니?
요크 공작부인 그렇구나, 애야.
소년 그럴 리가요. 근데, 이게 무슨 소리죠?

　　　　　　엘리자베스 왕비가 산발을 하고 등장

엘리자베스 왕비 아, 누가 막으랴 내가 비통하게 운단들?
　　　　　내 운명을 꾸짖고, 내 자신을 고문한단들?
　　　　　검은 절망과 합세하여 내 운명에 맞서고,
　　　　　내 자신한테 적이 된단들.
요크 공작부인 이 무슨 법도 없는 호들갑 장면이랍니까?
엘리자베스 왕비 비극적 폭력의 막이 올랐으니까요.

66 리처드 3세

에드워드, 내 남편, 어머님 아들, 우리 왕께서, 돌아가셨어요.

뿌리가 사라졌는데 가지가 왜 자라겠습니까?

수액 없는 잎새가 왜 시들지 않겠습니까?

사실 것이면, 슬피 우시고, 돌아가실 것이면, 서두르세요,

그래야 날개 빠른 우리 영혼이 왕을 따라잡거나,

충직한 신하처럼 그분을 뒤따를 수 있으니

그분의 새로운, 변치 않는 밤의 왕국으로 말입니다.

요크 공작부인 아, 왕비의 슬픔에서 내가 차지할 몫이 크지,

그대의 고결한 남편은 나의 적법한 장자이니.

나는 훌륭한 남편의 죽음을 슬피 운 바 있고,

그의 닮은꼴들을 보는 걸로 살았소.

하지만 군주다운 그분 모습을 지닌 거울 두 개가

산산조각 났구려 악의적인 죽음에 의해,

그리고 내가 위안 삼을 단 하나 거울은 거짓스러운 것이라,

마음이 아프구려, 거기 비친 내 치욕을 보자면.

왕비는 과부지만, 그래도 어머니고,

남은 자식들의 위안이 있소.

그러나 죽음은 내 남편을 내 팔에서 낚아채고

강탈했소 목발 두 개를 내 손에서,

클래런스와 에드워드를. 오 나야말로,

왕비 것은 내 비탄의 반밖에 안 되니,

왕비의 비통 능가하고, 왕비 울음 익사시킬 일 아니겠소?

소년 〔엘리자베스에게〕 아, 큰어머니는, 우리 아버지 죽음을 위해

울지 않으셨어요.

어떻게 우리가 보탤 수 있겠어요 친척의 눈물을?

소녀　〔엘리자베스에게〕 아버지 잃은 우리 불행을 슬퍼해 주지 않았
　　으니,
　　　큰어머니 과부된 슬픔에도 울어 드리지 않겠어요.
엘리자베스 왕비　나의 애도를 도울 것 없느니라.
　　　난 비탄을 출산 못하는 불임이 아니니.
　　　모든 샘이 흐름을 되돌리노라 내 두 눈으로,
　　　그래서 나는, 물의 달에 지배되어,
　　　낼 수 있나니 세상을 익사시킬 엄청난 양의 눈물을.
　　　아, 내 남편을 위해, 나의 소중한 에드워드 님을 위해!
아이들　아, 우리 아버지를 위해, 소중한 클래런스 님을 위해!
요크 공작부인　아아, 둘 다를 위해, 둘 다 내 아들, 에드워드와 클
　　래런스를 위해!
엘리자베스 왕비　에드워드가 내 유일한 받침 기둥이었는데, 그가 가
　　다니?
아이들　클래런스가 우리의 유일한 받침 기둥이었는데, 그분이 가
　　시다뇨?
요크 공작부인　그 둘이 내 유일한 받침 기둥이었는데, 둘 다 가다니?
엘리자베스 왕비　이리 슬픈 상실을 겪은 과부 일찍이 없었으리!
아이들　이리 슬픈 상실을 겪은 고아들 일찍이 없었으리!
요크 공작부인　이리 슬픈 상실을 겪은 에미 일찍이 없었으리!
　　　아아, 나는 이 슬픔의 어머니로다.
　　　그들의 비애는 꾸러미지만, 내 것은 전반적이구나.
　　　그녀는 에드워드를 위해 울고, 나도 그렇다,
　　　나는 클래런스를 위해 울지만, 그녀는 그렇지 않다.
　　　이 아이들은 클래런스를 위해 울고, 나도 그렇다.

나는 에드워드를 위해 울지만, 그들은 그렇지 않다.
아아, 너희 셋이 내게, 세 겹 고통받은 나이니,
쏟아붓거라 너희 모든 눈물을. 나는 너희 슬픔의 유모고,
먹여 줄 테다 슬픔에게 애도를.

글로스터 공작 리처드, 버킹검 공작, 더비 백작 스탠리 경, 헤이스
팅스 경, 그리고 래트클리프 경 등장

리처드 글로스터 〔엘리자베스에게〕 형수, 기운 내시오. 우리 모두 마
땅히
　　통곡해야 하겠지요 빛나던 별빛 사라졌으니,
　　하지만 슬피 운다고 우리 불행이 덜해지는 건 아녜요.—
　　귀부인, 나의 어머니, 부디 용서하소서.
　　계신 줄 몰랐습니다. 겸허히 무릎 꿇고
　　어머님의 축복을 구하나이다.
요크 공작부인 하나님의 축복을, 그리고 온유를 네 가슴에
　　넣어 주시기를, 사랑과, 자선, 복종과, 진정한 충성을 말이다.
리처드 글로스터 아멘. 〔방백〕 '그리고 내가 훌륭한 노인으로 죽게
하소서.'
　　그것이 어머니라면 내릴 축복의 밑동 아닌가,
　　놀랍군 어머니께서 그걸 빼먹다니.
버킹검 눈물을 쏟는 군주와 마음이 슬픈 귀족 여러분
　　이 무거운 상호 애도의 짐을 지고 계시지만,
　　이제 위로를 나누세요 서로의 사랑으로.
　　비록 우리는 금왕이라는 추수를 소비했지만,
　　거두게 될 것입니다 그의 아들이라는 추수를.

마구 팽창한 여러분 가슴의 양심으로 부러졌던 뼈를,
겨우 최근 부목 대고, 껴 맞추고, 접합했으니,
고이 보존하고, 보살피고, 지켜야 할 것입니다.
제 생각으로는 좋을 것 같소, 약간의 수행단을 보내어,
즉시 러들로우 성에 계신 어린 세자분을 모셔와
이곳 런던에서 대관식을 치르는 것이.
리처드 글로스터 그리하기로 하고, 우리가 가서 정합시다
누가 곧장 러들로우로 신속하게 달려갈 것인지.—
어머니, 그리고 형수님, 가셔서
고견을 주시겠습니까 이 중차대한 일에?
엘리자베스 왕비와 요크 공작부인 그래야지요.

        모두 퇴장. 리처드와 버킹검은 남는다.

버킹검 저하, 누가 세자께 가든,
행여 우리가 손 놓고 여기 그냥 있어서는 안 될 것입니다,
그동안 제가 구실을 찾아내어
우리가 최근 나눈 얘기의 프롤로그로 삼겠소,
오만한 왕비 인척들을 세자와 떼어놓는 계획 말이오.
리처드 글로스터 그대가 바로 또 하나의 내 자신, 내 자문의 위원회
회의실,
나의 신탁, 나의 예언자, 내 소중한 친척 아니겠소!
나는, 어린애처럼, 당신이 하라는 대로 할 테요.
그렇다면 러들로우로, 우리는 뒤에 처져 있지 않을 것이니.

        모두 퇴장

2막 3장
런던의 한 거리

✕✕

시민 한 명이 한쪽 문으로 또 한 명이 다른 쪽 문으로 등장

첫 번째 시민 안녕하신가, 이웃. 어딜 그리 급히 가시나?

두 번째 시민 그게 말이오, 나도 긴가민가 하는 중이오.
　　　　　　떠도는 소문은 들으셨소?

첫 번째 시민 예, 왕께서 돌아가셨다는.

두 번째 시민 나쁜 소식이지, 분명, 구관이 명관이라던데.
　　　　　　걱정이오, 걱정, 세상이 어지러워질 것 같소.

또 다른 시민 등장

세 번째 시민 이웃들, 하는 일 잘되시기를.

첫 번째 시민 당신도 안녕하시고, 선생.

세 번째 시민 정말 그 착하신 에드워드 왕께서 돌아가셨소?

두 번째 시민 예, 선생, 유감스럽게도. 하나님 도와주소서.

세 번째 시민 그렇다면, 형씨들, 세상이 골치 아파지겠소,

첫 번째 시민 아니, 아니지. 하나님 은총으로 그분 아드님이 다스
　　　　　　리게 될 터.

세 번째 시민 어린애가 다스리는 나라가 오죽할까.

두 번째 시민 어린애한테는 정치의 가망이 있지,

그것을 미성년 때는 그 아래 추밀원이,

그리고 나이 차서 성인이 되면 직접,

그때 분명, 그리고 그때까지는 잘 다스릴 터.

첫 번째 시민 마찬가지 상황이었죠, 헨리 6세가

파리에서 생후 9개월에 즉위했을 때도.

세 번째 시민 그랬었나? 아니, 아니지, 우리 친구들, 천만에.

그때는 이 나라에 워낙 저명한 분들이 많아서

빈틈없고, 중대한 자문역을 했지요 그때는 왕의

덕망 높은 삼촌들이 폐하를 지켜 주었고.

첫 번째 시민 아니, 이번 왕께서도 삼촌이 있잖소, 부모 양쪽으로.

세 번째 시민 더 낫지요 모두 아버지 쪽 삼촌이거나,

아버지 쪽 삼촌이 한 명도 없거나 한 것이.

왕에게 더 강력한 영향력을 행사하려는 고래 싸움에

새우들 등이 터질 거거든, 하나님이 막아 주신다면 모를까.

오 너무 위험해요 글로스터 공작은,

왕비의 아들과 동생들은 오만과 자만의 범벅이고.

그리고 양쪽이 다스려져야, 다스리는 게 아니라,

이 병든 나라가 전처럼 번창할 수 있다구요.

첫 번째 시민 자, 자, 최악을 염려할 게 아니지. 모든 게 잘될 거요.

세 번째 시민 날이 흐리면, 현명한 자는 우비를 입지요,

커다란 잎새가 떨어지면, 겨울이 임박했다는 거고,

해 지면, 밤 오는 걸 누가 모르겠소?

때 아닌 폭풍이 닥치면 기근에 대비해야 하는 법.

모든 게 잘될 수 있지만, 하나님이 내리시는 게

우리의 자격, 혹은 나의 기대와 다를 수도 있다는 거요.

두 번째 시민 참으로 사람들 마음에 걱정이 태산 같습디다.

　　　　얘기를 나눠 보면 누구 하나

　　　　얼굴 어둡고 겁먹지 않은 자가 없더라구요.

세 번째 시민 변화를 앞둔 시절에는 늘 그렇죠.

　　　　거룩한 본능으로 사람의 마음이 미심쩍어 하는 거죠

　　　　다가올 위험을, 경험으로 우리는 알잖아요

　　　　물이 사나운 폭풍 전에 부풀어 오르는 것을.

　　　　하지만 모든 걸 하나님께 맡길 밖에. 어디로 가시오?

두 번째 시민 그게, 재판소에서 소환을 했어요.

세 번째 시민 나도 그렇다오. 내 길동무를 해 드리지.

　　　　모두 퇴장

2막 4장
런던, 궁정

✕✕

추기경, 어린 요크 공작, 엘리자베스 왕비, 그리고 늙은 요크 공작
부인 등장

추기경 어젯밤, 듣기로, 그들이 노샘튼에 묵었답니다.

　　　스토니 스트렛포드에서 오늘 밤 묵게 되고요.

　　　내일, 아니면 모레, 이리 도착할 것입니다.

요크 공작부인 정말 세자가 보고 싶구려.

　　　내가 마지막 본 이래 많이 자랐겠지.

엘리자베스 왕비 하지만 듣기로는 아니랍니다. 동생 요크가

　　　거의 추월했다던데요 제 형 키를.

요크 맞아요, 어머니, 하지만, 난 그게 싫어요.

요크 공작부인 싫다니, 우리 꼬마 친척, 자라는 건 좋은 일이란다.

요크 할머니, 어느 날 저녁 우리가 앉아 식사를 할 때,

　　　우리 리버즈 외삼촌이 얘기를 했어요 내 키가

　　　형보다 더 크다고. '그래,' 글로스터 삼촌은 이러더라구요,

　　　'작은 약초는 품위가 있고, 무성한 잡초는 빨리 자라지.'

　　　그래서 그 뒤로는, 그렇게 빨리 자라고 싶지가 않아요,

　　　상냥한 꽃은 느리고, 서두르는 것은 잡초니까.

요크 공작부인 그렇다 하나, 참으로, 그 말은 해당되지 않는단다

네게 그렇게 주장한 정작 그 사람한테는.

그는 어렸을 때 정말 너무도 가여웠지,

자라는 게 아주 느리고 한가로웠단다,

그의 말대로라면 그가 품위가 있어야 할 것 아니냐.

추기경 별 말씀을. 그분은 분명 품위가 있지요, 자애로우신 마마.

요크 공작부인 그랬으면 좋겠소만, 에미로서 볼 때는.

요크 아참, 그렇지, 그 생각이 났더라면,

내가 삼촌의 품위에 한 방 먹여 드렸을 텐데,

삼촌의 성장에 대해, 삼촌이 내게 한 것보다 호되게 말예요.

요크 공작부인 어떻게 말이냐, 우리 꼬마 요크? 말해 주려무나.

요크 있잖아요, 사람들 말이 삼촌은 어찌나 빨리 자랐는지

태어난 지 두 시간 만에 빵 껍질을 뜯어 먹었다더라구요.

난 2년이 꽉 차서야 이가 났는데.

할머니, 이 농담을 했으면 삼촌이 뜨끔했을 거예요.

요크 공작부인 저런, 애야, 누가 네게 그런 말을 하더냐?

요크 할머니, 삼촌의 유모가 그러던데요.

요크 공작부인 그의 유모? 아니, 그이는 네가 태어나기 전에 죽었
는데?

요크 그녀가 아니라면, 누구한테 들었는지 모르겠네요.

엘리자베스 왕비 맹랑한 애로다! 못써요, 그런 말을 함부로.

추기경 마마, 아직 어리신데 화내지 마소서.

엘리자베스 왕비 애들은 귀가 밝다더니.

        도싯 후작 등장

추기경 저기, 아드님, 도싯 후작이 오시네요.

무슨 소식이오, 후작?

도싯 전하려니, 추기경님,

가슴이 아픈 소식입니다.

엘리자베스 왕비 세자는 어떠시냐?

도싯 잘 계십니다, 마마, 건강하시고요.

요크 공작부인 그렇다면 무슨 일이더냐?

도싯 리버즈 경과 그레이 경이 폼프릿으로 압송되었습니다,

토마스 본도 함께, 죄수로요.

요크 공작부인 누가 체포를 명했는가?

도싯 강력한 공작,

글로스터와 버킹검입니다.

추기경 죄목은?

도싯 제가 아는 사실은, 그게 답니다.

누구 혹은 무엇 때문에 귀족분들이 체포되었는지는

제가 모르겠어요, 자애로우신 경.

엘리자베스 왕비 아 나여! 내 가문의 멸망이 보이는구나.

호랑이가 사로잡은 거야 연약한 사슴을.

무례한 폭정이 잠식하기 시작한 거지

순진하고 위엄 없는 옥좌를.

어서 오라 파멸이여, 피여, 학살이여!

눈에 보인다, 지도 속인 듯, 모든 것의 끝장이.

요크 공작부인 저주받은 불온한 다툼의 세월이여,

얼마나 숱하게 내 두 눈이 너희를 보았느냐?

내 남편은 왕관을 차지하려다 목숨을 잃었고,

여러 차례 위아래로 내 아들들 들까불려,

내가 기뻐하고 슬퍼하게 했느라 그들의 얻음과 잃음을.

그리고 왕좌에 앉고, 국내의 혼란이

깨끗이 종식되고, 그들 자신이 승리자더니,

그들 자신과 전쟁을 벌였지, 형제가 형제와,

핏줄이 핏줄과, 자아가 자아에 맞서. 오 터무니없이

미쳐 날뛰는 난폭이여, 멈추라 지옥에 떨어질 네 악의를.

오 날 죽게 해 다오, 더 이상 죽음을 보지 않게끔.

엘리자베스 왕비 가자, 어서, 애야, 성소로 피해야 해.—

마마, 안녕히 계십시오.

요크 공작부인 잠깐, 내가 함께 가겠다.

엘리자베스 왕비 그러실 이유가 없습니다.

추기경 〔엘리자베스에게〕 자애로우신 왕비마마, 가시죠,

그리고 그리로 옮겨 놓으세요 마마의 보물과 재화를.

저는, 마마께 넘겨 드리겠습니다

제가 지닌 옥새를, 그리고 있는 힘껏

마마와 마마 친척 모두를 보살펴 드리겠습니다.

가시죠, 제가 성소까지 모시겠습니다.

　　　모두 퇴장

제3막

오 필멸 인간들의 은총,
하나님의 은총보다 그것에 더 우리가 갈급했음이라.
네 환한 얼굴의 공중에 희망을 짓는 자
사는 것은 돛대 위 술 취한 선원과 같이,
배와 몸 흔들릴 때마다 자칫하면 굴러떨어지는구나
바다 심연의 치명적인 내장 속으로.

3막 1장

런던의 한 거리

✕

나팔 소리. 어린 세자 에드워드, 글로스터 및 버킹검 공작, 추기경이, 더비 백작 스탠리 경 및 윌리엄 케이츠비 경을 포함한 다른 이들과 함께 등장

버킹검 잘 오시었소, 상냥하신 세자, 런던, 수도로.
리처드 글로스터 [에드워드 세자에게] 환영합니다, 소중한 친척, 내
　　마음의 주군.
　　고단한 여행이라 울적하셨나 보오.
에드워드 세자 아녜요, 삼촌, 오히려 도중에 생긴 불상사 때문에
　　지루하고, 피곤하고, 슬펐지요.
　　더 많은 삼촌들이 절 환영했으면 좋았을 것을요.
리처드 글로스터 상냥하신 세자, 때 묻지 않은 연치시라
　　세상의 기만을 깊이 헤아리시지는 못하실 것이오,
　　사람을 파악하시지도 못하실 테죠,
　　그 외관 이상으로는, 근데 하나님이 아시는 바
　　외관이 마음과 일치하는 사례는 드물거나 없습니다.
　　세자가 원하시는 그 삼촌들은 위험인물이었소.
　　세자께서는 그들의 사탕발림에 귀를 기울이셨지,
　　그들 마음의 독은 보지 못하시었소.

하나님이 세자를 지켜 주시기를, 그들과, 그런 거짓 친구들
로부터.

에드워드 세자 하나님께서 절 거짓 친구들로부터 지켜 주시기를,
하지만 그들은 거짓 친구들이 아녜요.

런던 시장과 그 수행원들 등장

리처드 글로스터 저하, 런던 시장이 저하를 맞으러 왔습니다.

시장 〔에드워드 세자에게 무릎 꿇으며〕 저하의 건강과 행복한 나날을
기원하나이다.

에드워드 세자 고맙소, 우리 시장, 그리고 모두 감사하오. ―
내 생각에는 어머님과 동생 요크가
벌써 우리를 오는 도중에 만날 줄 알았는데.
거참, 게으른 사람일세, 헤이스팅스는, 서둘러 와서
알려 줘야 할 것 아닌가 두 사람이 올지 안 올지.

헤이스팅스 경 등장

버킹검 마침 저기 오네요 땀을 뻘뻘 흘리는 경께서.

에드워드 세자 〔헤이스팅스에게〕 어서 오시오, 경. 그래, 어머니는 오
고 계십니까?

헤이스팅스 경 무슨 연유인지는 하나님만 아시고, 전 모르오나,
저하의 어머니 왕비, 그리고 동생 요크께서
성소로 피신하셨습니다. 다정한 왕자께서
저와 함께 오시어 저하를 뵙고 싶어 하셨으나
어머니께서 못 가게 강제로 만류하셨지요.

버킹검 이런, 이 무슨 치사하고 해괴한 짓인가

이 나라 왕비가!—추기경, 경께서

왕비를 좀 설득하여 요크 공작을

그의 군주 형님께 즉각 보내도록 해 주시겠소?—

왕비가 거절하면, 헤이스팅스 경, 같이 가셔서,

그녀의 의심 많은 팔에서 그를 강제로 빼 오시오.

추기경 우리 버킹검 경, 내 형편없는 웅변으로

그 어머니한테서 요크 공작을 받아 올 수 있다면,

곧 그분을 보게 되리다. 하지만 그녀가 고집으로

내 부드러운 간청을 대한다면, 하늘의 하나님이 금하시오

우리가 축복받은 성소의 성스러운 특권을

침해하게 되는 것을 말이오. 이 나라를 다 준대도

난 짓지 않겠소 그토록 심각한 죄는.

버킹검 추기경께선 턱없이 완고하시군요,

너무 의례적이고, 너무 전통적이십니다.

이 시대가 아무리 거칠다 해도 그렇지.

그분을 잡아 온다고 성소를 범하는 것은 아닙니다.

그 혜택이 주어진 것은 늘

그 행동이 그 장소에 걸맞는 자들,

그리고 그 장소를 요구할 지능이 있는 자들에게였소.

이 왕자는 그것을 요구하지 않았고 거기 걸맞지도 않소,

그러므로, 내 생각에, 그는 거기 있을 수가 없어요.

그렇다면 그가 성소로 요구 안 한 곳에서 그를 데려온단들

그럼으로써 당신이 특권이나 헌장을 깨는 것은 아니오.

내 종종 '성소 사람들'이란 소리는 들어 봤어도

'성소 아이들'이란 소리는 지금껏 들어 본 적이 없소.

추기경 공작님, 이번 한번은 제가 뜻을 꺾지요.—

　　　가시죠, 헤이스팅스 경, 함께 가시려오?

헤이스팅스 경 갑니다, 추기경.

에드워드 세자 훌륭하신 두 영주님, 최대한 서둘러 주시오.

　　　　　〔추기경과 헤이스팅스 퇴장〕

　　　근데, 글로스터 삼촌, 동생이 오면,

　　　우린 어디서 묵죠 대관식 때까지?

리처드 글로스터 왕의 풍모에 가장 잘 어울리는 곳이라야죠.

　　　제 의견을 물으신다면, 한 이삼 일

　　　폐하께서는 런던탑에서 쉬시고

　　　그런 다음 폐하 마음에 가장 들거나 최적인 곳을 찾는 것이,

　　　폐하의 건강과 기분 전환에 말이오.

에드워드 세자 난 런던탑이 제일 싫어요.—

　　　줄리어스 시저가 그곳을 지었나요, 공작?

버킹검 그가 실제로, 자애로우신 주군, 그 건물을 시작했고,

　　　그 후 대대로 개축이 이뤄졌지요.

에드워드 세자 기록에 있소, 아니면 대대로

　　　전해 내려온 말이오, 그가 그걸 지었다는 게?

버킹검 기록에 있습니다, 자애로우신 주군.

에드워드 세자 하지만, 공작, 설사 문서 기록이 없더라도,

　　　진실은 대대로 살아,

　　　모든 후손들에게 전해져야 할 것 같아요,

　　　최후의 심판 날까지 말예요.

리처드 글로스터 〔방백〕 어린 게 너무 똑똑하면, 사람들 말이, 오래

　　　살지 못한다더라.

에드워드 세자 뭐라고요, 삼촌?

리처드 글로스터 '문자 없이도 명성은 오래 산다'고요.

　　　　〔방백〕 이렇게 판에 박은 도덕극 악덕 역처럼,

　　　　난 한 단어로 두 가지 훈계를 한다.

에드워드 세자 줄리어스 시저는 명성이 자자했던 인물이죠,

　　　　시저의 글을 생생하게 만든 용감한 행위 자체가

　　　　그걸 설명한 그의 글 덕분에 불멸로 되었어요.

　　　　죽음도 정복하지 못했죠 이 정복자를,

　　　　아직도 그는 명성으로 사니까요 비록 생명은 죽었으나.

　　　　할 말이 있소, 내 친척 버킹검.

버킹검 무엇입니까, 착하신 우리 주군?

에드워드 세자 만일 내가 자라서 어른이 되면,

　　　　난 프랑스에 대한 예전의 권리를 되찾을 거요,

　　　　아니면 병사로 죽거나, 내가 왕으로 살았던 것과 같이.

리처드 글로스터 〔방백〕 이른 봄을 가볍게 보내면 여름도 짧지.

　　　　　어린 요크 공작, 헤이스팅스 경과 추기경 등장

버킹검 아주 제때에, 저기 요크 공작이 오십니다.

에드워드 세자 요크의 리처드, 사랑스런 내 동생은 잘 지내셨나?

요크 예, 경외로우신 폐하―이젠 그렇게 불러 드려야겠네요.

에드워드 세자 그렇구나, 동생, 슬프게도, 네가 그럴 것과 같이.

　　　　너무도 최근 돌아가셨다 그 칭호를 계속 지녔을 분이,

　　　　칭호는 그분의 죽음으로 위엄을 많이 잃었고.

리처드 글로스터 안녕하시오 우리 고결한 친척, 요크 님?

요크 감사드려요, 착하신 삼촌, 무척. 오, 삼촌,

삼촌께서 그러셨지요 쓸모없는 잡초가 빨리 자란다고.

세자, 우리 형님 키가, 저보다 훨씬 더 자라셨잖아요.

리처드 글로스터 그렇군요, 조카님.

요크 그러니 그가 쓸모없지요?

리처드 글로스터 오 내 깜찍하신 조카, 제가 그리 말하면 안 되죠.

요크 삼촌은 그가 더 마음에 드시는군요 저보다.

리처드 글로스터 그분은 주군이시니 내게 명하실 수 있지만,

조카님은 친척이니까 내게 압력을 행사하실 수 있는 거지.

요크 청이 있는데요, 삼촌, 제게 주세요 이 단검.

리처드 글로스터 내 단검을, 꼬마 친척? 주고말고.

에드워드 세자 구걸이냐, 동생아?

요크 친절한 삼촌한테 하는 거죠 주실 걸 아니까,

별것 아니니까 아까우실 것도 없을 테고.

리처드 글로스터 조칸데 이보다 더 큰 선물도 주지.

요크 더 큰 선물? 오 오, 단검보다 더 크면 장검이네요.

리처드 글로스터 그렇군, 고결한 조카, 가볍기만 하다면.

요크 오, 그렇다면 삼촌은 가벼운 선물만 주시겠다는 거군요.

더 무거운 건 거지한테 못 주시겠다 이거예요.

리처드 글로스터 저하께서 차시기에 너무 무겁다 이거예요.

요크 전 가볍게 다룰 거예요, 그게 더 무겁다 하더라도.

리처드 글로스터 정말, 제 무기를 갖고 싶어요, 꼬마 나리?

요크 그럼요, 그래야 삼촌이 날 부른 호칭에 감사할 수 있을 테
니.

리처드 글로스터 어떻게 불렀길래?

요크 꼬마. 좋은 거잖아요.

에드워드 세자 우리 요크 경이 사사건건 지지 않겠다네요.—

삼촌, 삼촌의 조카니 어쩌겠어요.

요크 참아 주라는 게 아니라 업어 주라는 말투시네.—

삼촌, 형님이 삼촌과 날 둘 다 조롱하는 거예요.

내가 원숭이처럼 꼬마니까,

삼촌이 광대처럼 날 어깨에 업으라는 거죠.

버킹검 〔방백〕 참으로 날카롭고, 과도한 기지를 발하는구나.

삼촌한테 가한 조롱을 누그러뜨리려고,

깜찍하게 또 적절하게 자기 자신을 비웃고 있으니.

이리 꾀 많고 이리 어리다니 조화로다.

리처드 글로스터 〔에드워드 세자에게〕 주군, 이제 가실까요?

저와 우리 친척 버킹검은

폐하 어머니께 가서 간청을 드리겠습니다

런던탑에서 폐하를 만나 영접해 주십사고요.

요크 〔에드워드 세자에게〕 아니, 런던탑 안으로 들어가게요, 주군?

에드워드 세자 우리 호국경께서 굳이 그러자 하시니.

요크 전 탑에서는 잠을 편히 못 잘 거예요.

리처드 글로스터 왜, 그곳에 뭐가 무서우신데요?

요크 뭐긴요, 내 삼촌 클래런스의 화난 유령이죠.

할머니 말씀이 그분은 거기서 살해당하셨다던데요.

에드워드 세자 난 죽은 삼촌 겁날 거 없어.

리처드 글로스터 산 삼촌 또한 겁내실 거 없죠.

에드워드 세자 삼촌들이 산다면 두려워할 필요가 없겠죠.

〔요크에게〕 하지만 가자, 얘야, 무거운 마음으로,

그분들을 생각하며, 가자꾸나 탑 안으로.

행렬을 알리는 나팔 소리.

모두 퇴장. 리처드, 버킹검과, 케이츠비는 남는다.

버킹검 〔리처드에게〕 생각하십니까, 저하, 이 재잘대는 꼬마 요크,
그의 교활한 에미 사주를 받아
저하를 이리 마구잡이로 비웃고 조롱하는 게 아니라고?

리처드 글로스터 물론, 물론이지. 오, 거참 영악한 놈일세,
당돌하고, 약빠르고, 기발하고, 거침없고, 능란한 꼬마구려.
지 에미를 빼닮았어, 머리부터 발끝까지 말이오.

버킹검 뭐, 그까짓 거야.—이리 오게, 케이츠비. 그대는 맹세했소
우리가 꾀하는 바를 교묘히 시행하는
바로 그만큼 은밀하게 우리가 나눈 말을 숨기겠다고.
우리의 명분은 아시겠지, 오면서 설명했으니.
어떻게 생각하시오? 쉬운 일 아니겠소
윌리엄 헤이스팅스 경을 설득하여
이 고결한 공작분을
이 저명한 섬의 옥좌에 앉혀 드리는 일에 동참시키는 것이?

케이츠비 세자는 그가 워낙 사랑하던 왕의 아들이라
세자에 맞서는 어떤 일에도 나서지 않을 겁니다.

버킹검 그렇다면 스탠리는? 그는 나서지 않을까?

케이츠비 그도 대체로 헤이스팅스 하는 대로 할걸요.

버킹검 뭐 그렇다면. 이렇게만 합시다. 가시오, 고결한 케이츠비,
가서, 지나가는 말로, 헤이스팅스 경을 떠보는 거야
우리의 의도에 어떤 입장인지.
그가 고분고분 우리 말에 따를 것 같으면,

그를 부추기고, 우리 명분을 모두 털어놓으시오.

만일 그가 납처럼 퉁명스럽고, 얼음처럼 차고, 꺼리거든,

당신 또한 그리하고, 대화를 끊고,

그리고 우리한테 알리시오 그의 의중을,

왜냐면 내일 두 개의 위원회가 열릴 참이오,

거기서 당신한테 매우 중요한 역할을 맡길 참이고.

리처드 글로스터 윌리엄즈 경께 안부를. 전해요, 케이츠비,

그분의 오랜 종양 위험한 반대파들이

내일 폼프릿 성에서 방혈 집행된다고,

그리고 권하시오, 이 좋은 소식 기뻐하며

쇼어 부인한테 부드러운 입맞춤 한 번 더 해 주시라고.

버킹엄 훌륭한 케이츠비, 가서 이 일을 제대로 처리하시게.

케이츠비 두 분 영주님, 실수 없도록 하겠습니다.

리처드 글로스터 기별을 들을 수 있을까, 케이츠비, 자기 전에?

케이츠비 그리될 것입니다, 영주님.

리처드 글로스터 크로스비 저택에, 우리 둘 다 있을 것이오.

　　　　케이츠비 퇴장

버킹엄 저하, 어찌 하실 것입니까 우리가 보기에

헤이스팅스 경이 영 동조하지 않을 것 같으면요?

리처드 글로스터 머리를 잘라야지. 뭔가 결정을 해야잖겠소.

그리고 내가 왕이 되자마자, 당신은 내게 요구하는 거요

헤러포드 백작령을, 그리고 모든 동산,

우리 형님 왕의 소유였던 그것을 말이오.

버킹엄 폐하께 그 언약 이행을 요구하리다.

리처드 글로스터 내 기꺼이 그것을 허락할 것이고.

　　　　갑시다, 저녁을 일찍 하지요, 그래야 그 후

　　　　우리의 공모를 차근차근 소화시킬 수 있겠지.

　　　　모두 퇴장

3막 2장
헤이스팅스 경 저택 바깥, 런던

사자가 헤이스팅스 경 저택 문으로 등장

사자 〔문을 두드리며〕 나리, 나리!
헤이스팅스 경 〔안에서〕 누구냐?
사자 스탠리 경이 보내셨습니다.

헤이스팅스 경 등장

헤이스팅스 경 몇 시냐?
사자 막 네 시를 쳤는데요.
헤이스팅스 경 우리 스탠리 경은 이 긴긴 밤 잠을 못 이루시는가?
사자 그러신가 봅니다 제가 전할 말씀으로 보자면.
     우선 고결하신 경께 안부 전해 달라시고요.
헤이스팅스 경 그다음은?
사자 그다음은 확실히 전하라 하시기를 어젯밤
     꿈에 멧돼지가 자신의 투구를 물어뜯었답니다.
     게다가, 그분 말씀이 두 위원회가 열릴 것인데,
     한 위원회에서 내려질 결정이 후회케 할지도
     모른다는 겁니다, 다른 위원회의 나리와 그분을.
     하여 나리께 여쭤보라고 하십니다,

나리께서는 즉시 말을 타고 그분과 함께

전속력으로 북방을 향할 생각이 없으신지

그분 영혼이 예언하는 위험을 피하기 위해서 말입니다.

헤이스팅스 경 가라, 사자, 가, 자네 주인한테 돌아가라구.

일러드리게. 갈라진 위원회 걱정할 것 없다구.

그분과 나 자신이 한쪽 위원회에 있고,

다른 쪽 위원회에는 내 훌륭한 친구 케이츠비가 있으니,

우리를 해코지하려는 어떤 일이 벌어진다면

내가 모를 리 없으리로다.

말씀드려라 쓸데없는 걱정이고, 괜한 우려라고.

그리고, 꿈에 대해 말하자면, 뜬금없구나, 그분이 유치하게

믿는다니, 어지러운 잠의 농짓거리를 말이다.

멧돼지가 쫓지도 않는데 멧돼지한테서 달아나는 것은,

도리어 멧돼지를 흥분시켜 생심을 내게 하고,

쫓을 생각도 없었는데 추적하게 만드는 것이야.

가서, 네 주인을 깨우고, 이리 오시라 해라,

둘이 함께 탑으로 가시자고 말이다.

가면 알겠지 멧돼지가 우릴 공손히 대한다는 걸.

사자 가겠습니다, 나리, 가서 그분께 나리 말씀을 전하지요. 〔퇴

장〕

케이츠비 등장

케이츠비 내도록 강녕하소서 고결한 영주님.

헤이스팅스 경 안녕하신가, 케이츠비. 이리 이른 시각에.

무슨 소식인가, 무슨 일 있나, 이 비틀거리는 나라에?

케이츠비 정말 불안한 세상입니다, 영주님,

 결코 똑바로 설 수가 없을 것 같고요,

 리처드가 왕국의 화관을 쓸 때까지는.

헤이스팅스 경 어쨌다고? '화관을 써'? 왕관을 말하는 건가?

케이츠비 그렇습니다, 영주님.

헤이스팅스 경 난 차라리 이 내 왕관이 어깨에서 잘리게 하겠네

 나라의 왕관이 그토록 비열하게 잘못 놓인 걸 보느니.

 하지만 자네 짐작에도 그는 정말 그걸 노리겠지?

케이츠비 예, 제 목숨을 걸고, 게다가 기대하십니다 경의 지지를

 그분 편에서 왕관 획득에 진력해 주시리라고 말이죠—

 그런 까닭에 이 좋은 소식을 전하라 했구요.

 바로 오늘 경의 원수,

 왕비의 친척들이, 폼프릿에서 처형될 거랍니다.

헤이스팅스 경 정말 난 그 소식에 애도할 마음이 일지 않는군,

 그들은 늘 나의 적이었으니.

 하지만 내가 리처드에게 찬성표를 던져

 내 주인의 적통 후계자를 가로막는 짓은

 하나님이 아시듯 결코 안 할 것이네, 차라리 죽을망정.

케이츠비 하나님께서 경의 그 자애심을 지켜 주시기를!

헤이스팅스 경 어쨌든 난 이 소식에 앞으로 일 년 열두 달은 웃겠군.

 내게 폐하의 노여움을 입게 만든 그자들의

 비극을 내가 살아서 보다니.

 하긴, 케이츠비, 2주가 채 가기도 전에

 내가 몇 명 보내 버릴라네 지금 상상도 못하고 있겠지만.

케이츠비 고약한 일이죠 죽는다는 건, 자애로우신 영주님,

　　　준비 안 된 상태로, 예기치 않은 순간에 말입니다.

헤이스팅스 경 오 끔찍하지, 끔찍하고말고! 그런데 그리되었구나

　　　리버즈가, 본이, 그레이가─그리될 사람이

　　　몇몇 더 있고, 스스로 안전하다고 생각하는 사람

　　　이를테면 자네와 나 같은, 둘 다 아낌받는 사람 아닌가

　　　리처드 군주한테 그리고 버킹검한테 말야.

케이츠비 두 군주분 모두 높이 치십니다 영주님을─

　　　〔방백〕 당신 목을 런던 다리에 걸 생각이니까.

헤이스팅스 경 알고 있네, 나도 할 수 있는 만큼은 했고.

　　　〔스탠리 경 등장〕

　　　어서 오시오, 저런, 멧돼지 사냥창은 어딨는가, 이 사람?

　　　멧돼지 겁난다면서, 비무장이신가?

스탠리 장관님, 안녕하세요.─안녕하신가, 케이츠비.─

　　　놀리셔도 좋지만, 참으로

　　　싫네요 이 분리된 위원회가, 저는.

헤이스팅스 경 백작, 나도 내 목숨 소중히 여기는 거 당신 못지않

고,

　　　살아생전 그 어느 때도, 내 주장컨대,

　　　지금처럼 목숨이 소중한 적은 없었소.

　　　설마, 우리 신변이 안전한지 모르는데도,

　　　내가 이리 자신만만하게 나오겠소?

스탠리 폼프릿의 대신들도, 말 타고 런던을 떠나올 때는,

　　　유쾌했고, 자신들 처지가 안전하다고 생각했지요,

　　　정말 그들은 미심쩍어 할 이유가 전혀 없었고요,

하지만 보세요 얼마나 삽시간에 대낮이 어두워졌는지.
이런 급작스런 원한의 찌르기가 의심된다는 겁니다.
정말, 내가 쓸데없는 겁쟁이로 드러나면 좋겠습니다만.
어쨌든, 탑으로 가야겠죠? 늦은 아침인데.
헤이스팅스 경 갑시다, 가다마다, 내 함께 가지요! 아시오, 경?
오늘 당신이 말했던 그 대신들 목이 날아갑니다.
스탠리 그들이 정직해서 머리를 달고 있는 게 더 나아요
그들을 고발한 몇몇이 그 직책 모자를 쓰고 있는 것보다는.
하지만 가시죠, 경, 출발합시다.

헤이스팅스라는 이름의 영장 집행관 등장

헤이스팅스 경 먼저 가시오 내 곧 뒤따르리다.
〔스탠리와 케이츠비 퇴장〕
반갑네, 헤이스팅스. 어떻게 지내는가?
영장 집행관 나리께서 물어봐 주시니 한결 좋아졌습니다.
헤이스팅스 경 그러고 보니, 이보게, 지금 내가 한결 낫군
자넬 저번에 만났을 때보다, 바로 이 자리에서.
그때 난 탑으로 끌려가는 죄수 신세였지
왕비 일당의 사주에 의해,
하지만 이제, 내 말해 주네만—자네만 알고 있게—
오늘 그 원수들이 사형을 당하고,
나는 처지가 그 어느 때보다 더 낫다네.
영장 집행관 하나님께서 나리의 융성을 계속 보살펴 주시기를.
헤이스팅스 경 고맙군, 헤이스팅스. 받게나, 술이나 한잔하시게.

그가 그에게 지갑을 던져 준다.

영장 집행관 만수무강하소서 나리. (퇴장)

　　　사제 등장

사제 반갑습니다, 장관님. 나리를 뵙게 되어 기쁘군요.
헤이스팅스 경 고맙구려, 훌륭하신 사제님, 진심으로.
　　　제가 빚을 졌네요 지난번 사제님 설교는.
　　　다음 안식일 때 오시면, 빚을 갚도록 하지요.

　　　그가 그의 귀에 대고 속삭인다.
　　　버킹검 등장

버킹검 뭐라, 사제와 이야기 중이오, 궁내장관께서?
　　　폼프릿의 당신 친구들, 그들은 정말 사제가 필요하지
　　　귀하는 고해하고 사함받을 일이 없으실 텐데.
헤이스팅스 경 맞아요, 그렇잖아도 이 성직자분을 만나니
　　　경께서 말씀하신 사람들이 떠오르더이다.
　　　근데, 탑으로 가시는 겁니까?
버킹검 그럼요, 장관, 하지만 거기 오래 머물 수는 없고
　　　경보다 더 먼저 자릴 떠야 할 것 같소.
헤이스팅스 경 그렇겠군요, 난 거기서 점심을 할 참이니.
버킹검 (방백) 저녁도 할 거다, 네놈은 알 리 없겠지만.
　　　자, 가실까요?
헤이스팅스 경 제가 모시겠습니다.

　　　모두 퇴장

3막 3장
폰티프랙트 성

리처드 래트클리프 경이, 리버즈 및 그레이 경, 그리고 토마스 본 경을 끌고 폼프릿 사형장으로 가는 도끼창병들과 함께 등장

리버즈 리처드 래트클리프 경, 내가 하는 말 들어 주게.

오늘 그대는 보게 될 것이다 신하가

진실, 복종과, 충성 때문에 죽는 것을.

그레이 〔래트클리프에게〕 하나님이 세자를 너희 패거리한테서 떼어

놓는 축복 내리시기를!

집단이로다 너희는 저주받은 흡혈귀들의.

본 〔래트클리프에게〕 네가 산들, 훗날 이를 후회하기 위한 것일 터.

래트클리프 빨리 가자. 너희 생명의 시한이 지났으니.

리버즈 오 폼프릿, 폼프릿! 오 너 피비린 감옥,

고결한 귀족들에게 치명적이고 불길한!

죄 많은 네 담벼락에 둘러싸인 채,

리처드 2세가 이곳에서 난도질당해 죽었노라,

그리고, 이 음울한 곳의 악명을 늘리려,

우리가 네게 내놓노라 우리의 죄 없는 피를 마시라고.

그레이 마가릿의 저주가 우리 머리에 내린 것이야,

리처드가 그녀 아들을 찔러 죽일 때 방관한 일로.

리버즈 저주했을 때지 그녀가 헤이스팅스를, 버킹검을,

　　　　저주했을 때요 그녀가 리처드를. 오 잊지 마소서 하나님,

　　　　지금 우리처럼 그들에 대해서도 그녀 기도 들어주시기를.

　　　　그리고 제 누나와 그녀의 왕자 아들들에게 대해서는,

　　　　만족해 주소서, 우리 하나님, 우리의 진실한 피로,

　　　　이 피는, 하나님 아시다시피, 부당하게 흘려지는 것이니.

래트클리프 서두르시오. 죽음의 시간이 만료되었소.

리버즈 가자, 그레이, 가자꾸나. 본, 여기서 우리 포옹하고.

　　　　안녕, 우리 다시 하늘에서 만날 때까지.

　　　　　모두 퇴장

3막 4장
런던탑

버킹검 공작, 더비 백작 스탠리 경, 헤이스팅스 경, 일라이 주교, 노포크 공작, 윌리엄 케이츠비 경, 다른 사람들과 함께 등장하여 탁자에 둘러앉는다.

헤이스팅스 경 자, 고결하신 귀족분들, 오늘 회의 주제는
　　대관식에 대한 결정입니다.
　　하나님의 이름으로, 말씀해 보세요. 어느 날이 좋을까요?
버킹검 장엄한 의식 준비는 다 갖추어진 거요?
스탠리 그렇습니다, 날짜 정하는 일만 남았지요.
일라이 주교 내일이, 그렇다면, 적당할 듯합니다.
버킹검 호국경 생각은 어떠신지 아는 분 없소?
　　누가 가장 가깝죠 그 고결한 공작분과?
일라이 주교 귀하 같은데요, 그분 마음을 맨 먼저 아실 분이.
버킹검 서로 얼굴은 아는 사이요. 마음이라 하셨는데,
　　그분은 제 마음 모르죠 제가 여러분 마음 모르듯,
　　혹은 제가 그분 맘을 모른달까, 여러분이 제 맘 모르듯. —
　　헤이스팅스 경, 당신과 그분은 사이가 가깝고 깊잖소.
헤이스팅스 경 그분께 고맙지요. 절 썩 좋아하시는 걸로 압니다.
　　하지만 대관식에 관한 그분 의향에 대해서는,

제가 의사를 타진해 보지 않았습니다. 그분께서

이러저러했으면 좋겠다고 말씀하신 적도 없구요.

하지만 여러분, 명예로우신 경들께서, 날짜를 정하시면,

제가 공작님 대신으로 표를 행사하지요,

그래도 공작님께서 너그러이 수용하실 걸로 압니다만.

    글로스터 공작 리처드 등장

일라이 주교 때마침, 저기 공작 본인께서 오시네요.

리처드 글로스터 고결하신 경들과, 친척분들 모두, 안녕하시오.

    내가 늦잠을 잤네요, 하지만 믿소,

    나의 불참으로 중요한 계획을 미룬 것은 아니겠지요

    내가 참석했다면 결론을 내렸을 것을 말이오.

버킹검 마침 등장하셨기 망정이지, 저하,

    윌리엄 헤이스팅스 경이 천명할 뻔했어요 저하 역할을—

    제 말은, 저하 투표권 말입니다, 왕 대관식에 대한.

리처드 글로스터 우리 헤이스팅스 경 말고 누가 그리하겠소.

    그분은 날 잘 알고, 날 무척 사랑해 주시죠.—

    우리 일라이 경, 내가 며칠 전 홀본 주교관에 갔었더니

    당신 정원에 딸기가 탐스럽더이다.

    사람을 보내 이 사람도 맛 좀 보게 해 주시오.

일라이 주교 그러죠, 저하, 그리하다마다요. 〔퇴장〕

리처드 글로스터 버킹검 친척, 나 좀 잠깐.

    〔방백〕 케이츠비가 우리 일에 관한 헤이스팅스의 의중을 떠

  보았더니

    저 성미 급한 자가 엄청 열을 받아서는

차라리 자기 머리를 잃을지언정 찬성을 하여
자기 '주인의 후사'께서—그가 붙인 존대요—
잉글랜드 옥좌의 주권을 잃게 하지는 않겠다 했다오.

버킹검 잠시 나오시지요, 제가 동행하겠습니다.

리처드와 버킹검 퇴장

스탠리 우리가 아직 이 승리의 날을 정하지 않았지요.
        내일은, 제 판단에, 너무 급해요,
        왜냐면 나부터 준비가 신통찮고,
        더 잘하고 싶어요, 날짜가 있다면.

일라이 주교 등장

일라이 주교 어디 계시오 우리 저하, 글로스터 공작께서는?
            딸기를 가져오라고 사람을 보냈는데.
헤이스팅스 경 오늘 아침은 저하 표정이 유쾌하고 평온하시군요.
              뭔가 아주 기분 좋은 생각에 젖으신 거요,
              이리도 쾌활하게 아침 인사를 건네신 걸 보니.
              아마 기독교 국가 내에는 결코 없을 것이오
              그분보다 더 노골적으로 호오 감정을 드러내는 사람이,
              마음이 얼굴에 즉각 드러나니까요.
스탠리 그분 마음이 어떻습디까 그분 얼굴로
        그분이 오늘 보여 준 것에 의하면?
헤이스팅스 경 정말, 이 자리 어느 분께도 화가 나지 않았다는
              거—
              그랬다면, 그분 표정에 드러났을 테니까요.

스탠리 부디 안 나셨기를.

리처드와 버킹검 등장

리처드 글로스터 여러분 모두, 고견 바라오 어찌 해야 할까요
　　　나의 죽음을 꾀하느라 저주받은 마법의
　　　악마적 계략을 구사한 자들, 그리고 나의 몸을
　　　해코지하느라 지옥의 주문을 들썩운 자들을?
헤이스팅스 경 저하를 향한 제 부드러운 사랑 때문에, 저하,
　　　저하의 안전임에도 주제넘게 말씀드립니다만
　　　그 못된 자들한테 파멸을 안겨야죠, 그들이 누구든.
　　　마땅히, 저하, 죽어야 할 줄로 아옵니다.
리처드 글로스터 그렇다면 네 두 눈이 증인이로다 그들 악행의.
　　　보라 마법에 걸린 나를. 똑똑히 봐, 내 팔이
　　　말라 비튼 어린 나무처럼 시들어 버렸어.
　　　그리고 이건 에드워드의 아내, 그 기괴한 마녀 짓이니라,
　　　그 창녀, 매춘부 쇼어와 짜고
　　　마법으로 내 몸에 이렇게 낙인을 찍었단 말이다.
헤이스팅스 경 만일 그들이 이런 짓을 했다면, 고결하신 공작—
리처드 글로스터 '만일'? 이 저주받을 매춘부의 보호자인 네가
　　　나한테 '만에 하나'를 운운해? 네놈이 반역자로다.—
　　　이놈의 목을 쳐라, 지금부터, 바오로 성인께 맹세코,
　　　난 밥을 먹지 않겠다 네놈의 그 꼴을 보기 전에는.
　　　누가 그리 시행하시오.
　　　날 사랑하는 나머지 분들은, 자리를 박차고 날 따르시오.

모두 퇴장. 케이츠비와 헤이스팅스는 남는다.

헤이스팅스 경 슬프도다, 안타깝구나 잉글랜드! 나야 할 말 없지,
너무도 어리석어, 막을 수 있을 이 사태를 막지 못했으니.
스탠리 꿈에 멧돼지가 그의 투구를 물어뜯었다 했건만,
난 그걸 조롱하고 피하자는 말에 코웃음 쳤지.
오늘 땅에 닿는 융단 성장의 말이 세 번이나 실족하고,
탑을 보자 몸을 움찔한 것은
도살장으로 주인을 데려가기 싫은 것이었거늘.
오 이제 난 필요하구나 내게 말을 건넸던 그 사제가.
이제 후회로다 내가 영장 집행관에게 해 준 얘기,
너무 기고만장했지, 나의 적들이
오늘 폼프릿에서 피비리게 도살될 것이고,
내 자신이 받는 은총과 총애는 듬뿍하다 떠벌였으니.
오 마가릿, 마가릿! 당신의 무거운 저주가
내렸구나 불쌍한 헤이스팅스의 비참한 머리에.
케이츠비 자, 자, 빨리 갑시다. 공작께서 식사를 하시겠다오.
참회는 짧게, 당신 머리를 보고 싶어 하시니.
헤이스팅스 경 오 필멸 인간들의 은총,
하나님의 은총보다 그것에 더 우리가 갈급했음이라.
네 환한 얼굴의 공중에 희망을 짓는 자
사는 것은 돛대 위 술 취한 선원과 같이,
배와 몸 흔들릴 때마다 자칫하면 굴러떨어지는구나
바다 심연의 치명적인 내장 속으로.
케이츠비 자, 자, 빨리 합시다. 떠들어 봐야 소용없소.

헤이스팅스 경 오 피에 굶주린 리처드! 비참한 잉글랜드!
　　내 예언하노라 비참한 시대가 지켜보았던
　　가장 무시무시한 세월을 너에게.―
　　자 안내하거라 형장으로, 그에게 내 머리를 갖다주어야지.
　　날 보고 웃는구나, 곧 죽게 될 자들이.

　　　　모두 퇴장

3막 5장
런던탑

✕

글로스터 공작 리처드와 버킹검 공작이 녹슨 갑옷에, 형편없이 추한 몰골로 등장

리처드 글로스터 자, 친척, 당신이 몸을 떨고 표변을 할 수 있다고?
　　　　　말 한 마디 중 호흡을 끊을 수 있고?
　　　　　그런 다음 다시 시작하고, 다시 멈추고 그럴 수 있다
　　　　　마치 겁에 질려 넋이 나가고 미친 자처럼?
버킹검 그 정도야, 심오한 비극배우 흉내도 낼 수 있어요,
　　　　　지푸라기 하나 까딱해도 소스라치게 놀라고
　　　　　말하고, 돌아보고, 사위를 살필 수 있지요,
　　　　　몹시 미심쩍어 하는 동작 말입니다. 섬뜩한 표정을
　　　　　내 마음대로 쓸 수 있고, 억지웃음도 마찬가지,
　　　　　둘 다 대기 중입니다
　　　　　언제든지 멋지게 꾸며 주는 거죠 내 계략을.

　　　　　런던 시장 등장

리처드 글로스터 〔버킹검에게 방백〕저기 시장이 오네요.
버킹검 〔리처드에게 방백〕제가 혼자 맡지요—시장님—
리처드 글로스터 〔안에 대고 말하듯〕거기 도개교 조심해!

버킹검 아니, 북소리잖아!

리처드 글로스터 〔안에다 대고 말하듯〕 케이츠비, 담 너머를 봐!

버킹검 시장님, 우리가 뵙자고 한 것은—

리처드 글로스터 뒤를 보라, 막아야지. 적이 오잖나.

버킹검 하나님과 우리의 무구함이 우릴 지키고 보호해 주소서.

> 케이츠비가 헤이스팅스의 머리를 들고 등장

리처드 글로스터 오, 오, 조용! 케이츠비요.

케이츠비 이것이 목이올시다. 그 비열한 반역자,
　　　위험천만이었으나 아무도 의심 안 했던 헤이스팅스의.

리처드 글로스터 너무나 사랑했던 사람이라 안 울 수가 없구려.
　　　나는 그를 여겼었소, 가장 명백하게 죄 없는
　　　이 지상의 피조물로, 기독교인으로,
　　　그를 일기장 삼아 내 영혼이 기록했다오
　　　온갖 은밀한 생각의 역사를.
　　　악덕을 미덕의 외관으로 어찌나 매끄럽게 덧칠했는지,
　　　분명한 공개적 잘못 하나 말고는—
　　　아다시피, 쇼어 아내와의 사통 말이외다—
　　　그가 한 점 의혹도 받지 않고 살았으니까.

버킹검 이토록 감쪽같이 정체를 숨긴 반역자는 이제껏 없었소
　　　〔시장에게〕 도대체 상상이 되오, 아니 생각이라도 했겠소—
　　　우리가, 정말 천우신조로 목숨을 건지고,
　　　살아서 말을 하니 그렇지—그 교묘한 반역자가
　　　오늘 위원회 회의실에서 벌이려던 흉계가
　　　나와 우리 훌륭한 글로스터 경의 살해였다는 것이?

시장 그랬단 말입니까?

리처드 글로스터 아니, 시장께서는 우릴 터키인 따위 이교도로 보
　　　는 거요,
　　　　　아니면 당신 생각에 우리가 법 절차를 어기고
　　　　　이렇게 경솔하게 그 악당의 사형을 집행했다는 거요,
　　　　　위급을 요하는 사안이 아닌데도,
　　　　　잉글랜드의 평화와, 우리 인신의 안전이
　　　　　이 집행을 강제하지도 않았는데도?

시장 천만에요 지당하신 처삽니다, 그자가 죽어 마땅했고,
　　　　　두 분 저하 모두 잘 처리하셨어요,
　　　　　그래야 부정한 반역자들이 꺼리겠지요 유사한 시도를.
　　　　　제 짐작에도 필경 그런 최후를 맞을 것 같았어요,
　　　　　그가 쇼어 부인과 일단 엮인 후부터는.

리처드 글로스터 의당 그의 죽음을 결정하기 전에
　　　　　시장께서 와서 그의 최후를 보는 게 맞겠으나,
　　　　　이 두 친구분들의 애국심이 일을 서둘러—
　　　　　내 의도와는 다소 어긋나게—그렇게 되지 못했구려
　　　　　왜냐면, 시장, 당신이 와서 들었으면 했거든,
　　　　　그 반역자의 말을, 그리고 상세한 자백,
　　　　　반역의 방식과 목적에 대한 그것을,
　　　　　그래야 시장께서 같은 내용을 제대로 전할 수 있을 테니까
　　　　　시민들에게 말이오, 아니면 그들이 혹시
　　　　　그 때문에 우릴 오해하고, 그의 죽음을 슬퍼할 수 있거든.

시장 하지만, 훌륭하신 경, 저하의 말씀을 들었으니
　　　　　내가 그자를 보고 직접 말을 들은 것이나 진배없습니다.

그러니 믿으소서, 올바르고 고결하신 두 분 군주님 모두,
제가 충성스런 시민들에게 반드시 주지시키겠습니다
이 사안에서 두 분이 취하신 조치의 정당성을.

리처드 글로스터 그 일로 우리가 시장을 이리 모신 것이고요,
헐뜯기 좋아하는 세상의 비난을 피해야 하니까.

버킹검 그랬는데, 우리 의도보다 시장께서 늦으셨으니,
증언해 주셔야 할 밖에, 들으신바 우리 의도를 말이오,
그럼, 우리 훌륭하신 시장님, 안녕히 가시고요.

　　　시장 퇴장

리처드 글로스터 쫓아, 쫓아가라구요, 버킹검 친척!
시장은 길드홀 중앙청으로 급히 서둘러 가는 거요
거기서, 가장 적당하고 유리한 때를 잡아,
에드워드의 아이들이 사생아라고 주장하시오.
에드워드가 시민 한 명을 사형시킨 얘기도 해.
죄목이 단지 말한 거였지, 자기 아들을
'왕관 상속자'로 하겠다고—그의 선술집 얘기였는데,
간판 그림이 왕관이라 상호가 그랬던 것인데 말이지.
덧붙여, 규탄하시오 그의 가증스런 음탕,
끊임없고 상대를 가리지 않는 색욕을,
누구의 하녀건, 딸이건, 어머니건 상관없이,
호시탐탐 그의 뒤집힌 눈, 혹은 야만적인 마음이,
통제를 잃고, 집어삼키려 들었다고 말이오.
아니, 필요하다면 이 정도까지는 내 명예를 훼손해도 좋소.
말하시오, 내 어머니가 임신한 아이가

바로 그 채울 수 없는 에드워드였을 당시, 고결한 요크,
내 아버지 군주께서는 그때 프랑스에서 전쟁 중이셨고,
정확한 시간을 계산해 보면
그 자손은 그의 소생이 아니라고―
그 점은 그의 용모를 보아도 분명하다고,
내 아버지이신 고결한 공작과 전혀 닮지 않았다고 말이오.
하지만 이 문제는 살짝만 언급하시오, 아주 넌지시,
왜냐면, 공작, 내 어머니가 살아 계시잖소.

버킹검 걱정 마세요, 저하, 내가 웅변가 노릇을 하리다
내가 변론을 하는 목표인 그 왕관이
내가 쓸 것이기라도 한 것처럼. 그럼, 안녕히 계시고요.

    그가 가려고 한다.

리처드 글로스터 일이 잘 풀리면, 사람들을 베이나드 성으로 데려
와요,
그러면 내가 번듯하게 둘러싸여 있을 것이오
존경받는 신부들 및 학문 깊은 주교들한테.

버킹검 갑니다, 그리고 서너 시쯤
길드홀 쪽 소식을 전해 드리죠. [퇴장]

리처드 글로스터 이제 난 들어가서, 은밀한 조치를 취해야겠군
클래런스의 아새끼들을 해치워 버리고,
기별을 해야겠어 지위고하를 막론한 어느 누구도,
절대 왕자들을 만나지 못하게 하라구 말이지.

    모두 퇴장

3막 6장

런던 어드메

손에 종이 한 장을 들고 대서인 등장

대서인 이것이 그 착한 헤이스팅스 경 기소장이란다.

필사본도 아니고 원본, 공식 서체에 법정 서식을 갖춘,

오늘 성바오로 성당에서 낭독될 수 있게 말이야—

일련의 사건들 아귀는 딱딱 맞아떨어지고요.

내가 이것 써 내느라 열한 시간을 보냈네,

어젯밤에 케이츠비가 그걸 보내왔으니

초안 마련에도 그 정도 시간은 족히 걸렸을 터.

그렇지만, 다섯 시간 전만 해도, 헤이스팅스는 살아 있었지,

고소당하지 않은, 조사받지 않은, 자유로운 몸으로 말씀야.

참으로 잘 돌아가는 세상이다! 아무리 멍청한들 누가

모르겠나 손으로 만질 수 있는 명백한 이 계략을?

하지만 아무리 용감한들 누가 말하겠나 눈에 보인다고?

엉망인 세상이군, 끝장날 세상이고,

이런 부정행위가 보이는데도 생각뿐 말해지지 않는다면.

퇴장

3막 7장
베이나드 성

글로스터 공작 리처드가 한쪽 문으로 버킹검 공작이 다른 쪽 문으로 등장

리처드 글로스터 그래, 어찌 됐는가! 시민들이 뭐라던가요?
버킹검 근데, 참으로,
　　시민들이 벙어리인지, 한마디도 하지 않더이다.
리처드 글로스터 언급했소, 에드워드의 자식들이 사생아라고?
버킹검 했지요, 루시 숙녀와의 약혼에 연이은
　　대리인을 통한 프랑스에서의 약혼과 함께요,
　　거론했어요 그의 채워지지 않는 정욕의 게걸스러움을,
　　그리고 그의 도시 처자 겁탈을,
　　사소한 것을 엄히 벌한 그의 폭정을, 그 자신 사생아임을—
　　공작 아버님께서 프랑스에 있을 때 임신되었고
　　그의 외모가 그 공작분을 닮지 않았다는 얘기로 말이죠.
　　동시에, 저하의 혈통을 내세웠지요—
　　저하 아버님의 진정한 표상이다
　　얼굴로 보나 심성의 고결함으로 보나,
　　열거했습니다 일일이 저하의 스코틀랜드 승전을,
　　저하의 전시 군기, 평화 시 지혜를,

저하의 너그러움, 미덕, 아름다운 겸허—
정말, 저하의 목적에 어울리는 것은 하나도 빠짐없이
거론하고 중요하게 다루었지요.
그리고 내 웅변이 막바지에 이를 즈음,
내가 명했어요 그들에게 진정 조국이 잘되기를 바라는 자
'리처드, 잉글랜드 국왕 만세!'외치라고.

리처드 글로스터 그랬더니, 그리하던가요?

버킹엄 아니오, 영문을 모를 일이죠. 사람들이 한마디를 안 하니,
그러기는커녕, 벙어리 동상 혹은 숨 쉬는 돌처럼,
서로를 빤히 쳐다보고 낯빛은 몹시 창백해지는 거예요—
그런 지경을 보게 되니, 내가 그들을 꾸짖고
시장한테 따질 밖에요. 부러 입을 다문 저의가 뭐냐?
시장 대답이, 사람들은 익숙치가 않다는 거예요
시 공무원 말고 다른 사람 말에 대답하는 것에.
그래서 그를 시켜 제 얘기를 반복케 했습니다.
'이리 말하셨소 공작께서… 이리 주장하셨소 공작께서'—
자신의 인칭과 권위로는 아무 말도 하지 않는 식으로요.
그가 말을 마쳤을 때 나를 따르는 자들 몇이,
홀 하단에서, 모자를 위로 던졌고,
열 명쯤 되는 목소리가 외쳤소 '리처드 왕 만세!'를.
그리하여 난 이 몇 명이 준 기회를 잡았지요.
'고맙소 귀하신 시민과 친구분들', 내가 그랬어요
'우레와 같은 이 박수와 환호가
증명하오 여러분의 지혜와 리처드에 대한 사랑을.'
그리고는 바로 말을 끊고 이리 온 겁니다.

리처드 글로스터 헛바닥은 됐다 뭐에 쓰자는 것들이람! 말을 안 하
　　려 했다?

버킹검 그랬소, 참으로, 공작.

리처드 글로스터 그럼 시장은, 그리고 시의원들은, 안 온다?

버킹검 시장은 대기 중이오. 뭔가 근심에 싸인 척하세요,
　　간청하지 않는 한 말을 나누지 마시고,
　　꼭 기도서를 손에 들고,
　　양 옆에 성직자를 하나씩 두도록 하세요, 착하신 공작,
　　그것을 저음 삼아 제가 최고 음부를 지어 드릴 테니.
　　우리가 청하더라도 쉽게 응하지 마세요.
　　처녀 역이죠, 계속 '안 돼요' 하다가—받아들이는.

리처드 글로스터 난 가 있겠소. 그들 대신 청원하는 당신 솜씨가
　　내가 날 위해 당신한테 거절하는 솜씨만큼 뛰어나다면
　　우린 행복한 결말을 맞을 것이오.

　　　안에서 누군가 문을 두드린다.

버킹검 가세요, 어서! 연판 지붕으로! 시장이 두드리는 겁니다.—
　　　〔리처드 퇴장〕
　　　〔시장, 시의원들, 그리고 시민들 등장〕
　　어서 오시오, 시장님. 내 여기 붙박이로 대기 신세구려.
　　공작께서 대화 자체를 안 하실 모양이니.
　　　〔케이츠비 등장〕
　　그래, 케이츠비, 공작께서 뭐라시던가 내 소청에?

케이츠비 저하께서 간청이시니, 고결하신 공작님,
　　내일, 아니면 모레 와 주십사 하셨습니다.

올바르고 존경받는 신부 두 분과 안에서,

명상에 경건하게 몰두하신지라,

세속 송사에 마음이 동하여

성스러운 예배를 중단하고 나오실 것 같지 않습니다.

버킹검 다시, 착한 케이츠비, 자애로우신 공작께 가서

전해 주시게 이 몸과, 시장, 그리고 시의원들이,

심오한 계획, 매우 중대한 문제로,

우리의 공익 전체만큼이나 중요한 일로,

저하께 의논드릴 게 있어 왔다고.

케이츠비 그렇게 알려 드리지요 그분께 곧장. 〔퇴장〕

버킹검 아 하! 시장님, 이 군주분은 에드워드와 다르시구려.

음탕한 대낮 침대에서 빈둥거리기는커녕,

무릎 꿇고 명상 중이시라지 않소.

고급 창녀와 농탕치기는커녕

학문이 심오한 성직자 두 분과 명상 중이시라는 거요.

잠으로 게으른 육체를 살찌우기는커녕

기도로 방심하지 않는 영혼을 비옥하게 한다는 거고.

행복하리로다 잉글랜드는 만일 이 덕망 있는 군주께서

이 나라의 저하에다 폐하 칭호 올리신다면.

하지만, 분명, 그분은 설득이 불가능할 것 같구려.

시장 참으로, 하나님께서 저하의 거절을 막아 주시기를.

버킹검 아무래도 거절일 것 같아. 저기 케이츠비가 다시 오는군.

〔케이츠비 등장〕

그래 케이츠비, 저하께서 뭐라시던가?

케이츠비 의아해하셨습니다 무슨 꿍꿍이로 여러분들이

이렇게 시민 부대를 소집하여 그분한테 온 것인지,

저하께서는 사전 통보를 받은바 없다시거든요.

걱정이시던데요, 나리, 나리께서 해코지하려는 게 아닐지.

버킹검 거참 유감이구려 나의 고결한 친척께서

내게 해코지 혐의를 두게 되셨다니.

맹세코, 우리는 그분께 완전무결한 사랑으로 왔으니,

다시 한 번 돌아가서 저하께 여쭤 주시오.

〔케이츠비 퇴장〕

성스럽고 경건한 종교인들이

묵주 기도를 올릴 때는, 중단시키고 불러내기가 힘들지요.

열성의 기도란 워낙 달콤한 것이니까요.

위로 리처드가, 주교 둘을 양쪽에 끼고 등장. 아래로 케이츠비 등장

시장 보세요 저기 저하께서 두 성직자 사이에 서 계시는군요.

버킹검 기독교 군주에 걸맞는 미덕의 두 버팀목이구려,

허영의 죄에 빠져들지 않게 해 주는,

그리고 보시오, 그분 손에 들린 기도서를—

거룩한 분을 알아볼 수 있는 진정한 장식물 아니겠소.—

저명하신 플랜타저넷, 너무도 자애로우신 군주님,

빌려 주십시오 은총의 귀를 우리의 청원에,

그리고 용서하십시오 우리가 차단한 것을

저하의 예배와 올바른 기독교 열성을 말입니다.

리처드 글로스터 공작, 어인 사과시오.

내가 정말 공작께 용서를 구해야겠소,

나의 하나님께 정성 어린 예배를 드리느라,

친구들의 방문을 지체시켰으니 말이오.

하지만 그건 그렇고, 공작께서 무슨 일이시오?

버킹검 바로 그 일일 듯합니다, 기쁨 되는 일, 하늘의 하나님과

이 통치자 없는 섬나라의 착한 백성 모두에게 말입니다.

리처드 글로스터 아무래도 내가 무슨 잘못을 지은 모양이구려

이 도시가 보기에 불명예스러운 짓을,

그래서 여러분이 꾸짖으러 오신 듯싶소 나의 무지를.

버킹검 지으셨지요, 저하. 부디 저하께서는

우리의 간청으로 바로잡아 주소서 저하 잘못을.

리처드 글로스터 어찌 그리하지 않겠소 내가 기독교인이거늘?

버킹검 알려 드리죠 그렇다면, 저하의 잘못은 넘겨 버린 겁니다

최상의 자리, 위풍당당한 옥좌를,

저하 조상의 왕홀 직무를,

운명이 내린 저하 위치와 혈통이 내린 저하 권리를,

저하 왕가의 적통 영광을,

더럽혀진 가계의 부패한테 말이오,

저하의 생각이 명상에 젖어 온화한 와중―

지금 우리가 조국의 공익을 위해 깨어 드립니다만―

고결한 섬은 그 자신의 수족이 없소.

그 얼굴 오명으로 흉해졌고,

그 왕통 비천한 가지들과 접목되어

바야흐로 밀려날 참이오, 집어삼키는 구멍,

어두운 건망과 깊은 망각의 그것 속으로,

하여 복원키 위해 우리 진심으로 간청하오니

저하께서는 몸소 떠맡아 주소서, 저하의 이 나라
통치자 국왕의 책임을—
호국경, 집사, 대역 아니라,
다른 이를 위한 대리인도 아니라,
왕위 계승 서열 1위로, 가계로,
출생의 권리, 저하의 절대 주권, 저하 소유로 말입니다.
이를 위해, 시민들,
저하를 존경하고 사랑하는 바로 그 친구들과 함께,
그리고 그들의 강렬한 부추김에 따라,
이 정당한 명분으로 제가 왔습니다, 저하 마음 움직이고자.

리처드 글로스터 모르겠구려 말없이 이 자리를 뜨는 것이
좋을지 아니면 ~~되게~~ 공작을 나무라는 것이
나의 지위와 그대 신분에 가장 적합할지.
공작의 사랑은 내 감사에 값하오, 하지만 내 자격이,
값하지 못하니, 회피하는구려 그대의 요청을.
무엇보다, 설령 온갖 장애물이 제거되어
왕관으로 가는 나의 길이 순탄키
나의 충당 재원 및 출생 권리 못지않다 하더라도,
내 마음의 궁핍이 워낙 크고,
내 결점 너무도 강력하고 숱한지라,
난 차라리 내 위대함으로부터 날 숨기고 싶소—
강력한 바다를 버텨 낼 수 없는 돛배이므로—
내 위대함의 봉투 속에 숨겨지고,
내 영광의 증기에 질식되기를 갈망하느니 말이오.
하지만 고맙게도 하나님께서, 날 필요 없게 해 주셨고,

난 여러분을 도울 능력이 크게 부족하오, 필요하단들.
왕실 나무가 우리에게 왕이 될 열매를 남겨 주었고,
그것이, 세월이 슬그머니 흐르다 보면 무르익어,
위엄의 자리에 잘 어울릴 것이고,
분명, 그의 통치로 우릴 행복하게 만들어 줄 것이오.
나는 그분 위에 놓으려오, 여러분들이 내 위에 놓고자 하는
상서로운 그분 별의 권리와 운명을,
하나님 맙소사 내가 그걸 그분한테서 억지로 빼앗다니요.

버킹검 저하, 그 말씀은 저하의 양심을 증명합니다마는,
내세우시는 논리는 너무 세심하고 사소합니다,
온갖 정황을 잘 따져 보면요.
저하 말씀은 에드워드가 저하 형님의 아드님이라는 건데,
우리 또한 그래요—단, 그 아내의 아들이 아니라는 거죠.
처음에 형님께서 약혼한 분은 루시 숙녀였으니까요—
저하 어머님께서 생존하시니 아실 겁니다 그 언약을—
그 후에는, 대리인을 통해, 약혼하셨어요,
보나 숙녀, 프랑스 왕의 처제와.
이 두 분을 제치고, 웬 불쌍한 청원녀,
숱한 아들 키우느라 제정신이 아닌 웬 어미,
미모 기울고 걱정에 찌든 웬 과부,
그것도 한창때의 오후에 접어든 여자가
사로잡은 것이죠, 그의 음탕한 두 눈을 전리품으로,
꼬여 낸 거예요 그의 신분의 꼭대기 절정에서
비천한 강등 및 혐오스런 겹치기 결혼으로.
그녀를 통해 불법의 침대에서 그분이 얻은 것이 바로

이 에드워듭니다. 우린 공손히 왕자님이라 부릅니다만.
더 지독하게 말씀을 드릴 수도 있겠으나,
생존하신 몇 분께 누가 될까 봐,
내 혀에 아낌의 빗장을 건 것이 이 정도입니다.
그러니, 훌륭하신 우리 저하, 받아 주소서 저하 옥체로
우리가 드리는 이 권위를—
그럼으로써 우리와 이 나라를 축복하는 게 싫으시다면,
저하의 고결한 조상들을
모독의 시대에서 구원하여
정통의, 진정한 파생 경로를 잡아 주기 위해서라도.

시장   [리처드에게] 받으소서, 훌륭하신 저하, 저하의 시민들이 간
청 올립니다.

버킹검   [리처드에게] 거절치 마소서, 강력한 군주님, 우리가 드리는
이 사랑을.

케이츠비   [리처드에게] 오 저들을 기쁘게 해 주세요. 허하십시오 그
들의 적법한 청원을.

리처드 글로스터   아, 왜 쌓겠다는 거요 이 근심거리를 내 위에?
난 적합치 않소 국가와 위엄에.
진정 간청컨대, 오해는 마시오.
난 따를 수 없고, 따르지도 않겠소, 그대들 의견을.

버킹검   설령 저하가 거절하시더라도—의당, 사랑과 열성 때문에,
싫으시겠죠 그 아이, 형님의 아들을 폐위시키기가,
우린 잘 아니까요 저하의 부드러운 마음씨를,
고결하고, 친절한, 혈육이 불쌍하다는 가책,
하긴 저하께서는 그것을 친척뿐 아니라,

정말 사회 모든 계급에 대해 고루 느끼시지만요—
하지만, 저하께서 우리 소청을 받아 주시건 아니건
저하 형님 아드님은 결코 우리 왕이 못 된다는 점입니다,
그러느니 우린 어떤 다른 분을 옥좌에 앉혀 드릴 것이고,
그러면 저하 가문은 치욕과 몰락을 맞게 되겠지요.
이 결의를 이 자리에서 밝히고 우린 물러가겠습니다.—
　가십시다, 시민들. 맹세코, 난 더 이상 청원하지 않겠소.
리처드 글로스터　오 너무 화내지 마오, 우리 버킹검 경.

　　　버킹검과 몇몇 다른 사람들 퇴장

케이츠비　다시 부르세요, 우리 군주님. 받아 주셔야죠 그들 청을.
또 다른 사람　만일 거절하시면, 나라 전체가 고통받게 됩니다.
리처드 글로스터　내게 근심의 세상을 형벌로 내리겠다는 건가?
　그들을 다시 부르라.
　　　〔한두 명 퇴장〕
　난 돌로 만들어진 사람이 아니라,
　뚫리고 마는구나 그대들의 간곡한 청에,
　비록 내 양심과 내 영혼에 어긋나는 일이지만.
　　　〔버킹검과 나머지 사람들 등장〕
버킹검 친척, 그리고 현명한, 신중한 여러분,
　내 등에 운명 여신을 철썩 조여,
　그녀의 짐을 지우겠다 하니, 좋든 좋든,
　꾹 참고 견뎌야겠구려 그녀의 짐을.
　하지만 시커먼 중상 혹은 얼굴 더러운 비난이
　그대들이 내게 지우는 것에 따라붙는다면,

그대들은 즉각 조치하여 날 풀어 줘야 할 것이오
그것에 관한 온갖 불순한 얼룩과 흠결로부터
하나님이 정말 아시고, 여러분이 부분적으로 보았듯,
난 전혀 무관하니까요 이 욕망과.

시장 저하께 하나님의 축복을! 우리가 보았고, 말할 것입니다.

리처드 글로스터 그리 말하면, 오로지 진실만을 말하는 게 되오.

버킹검 그럼 이제 왕의 칭호로 이렇게 인사드립니다.

　　마음씨 고운 리처드, 잉글랜드의 훌륭한 국왕 만세!

리처드를 제외한 모두 아멘.

버킹검 내일 대관식을 올리시는 게 어떨지요?

리처드 글로스터 공작 뜻대로 하시오, 그리하시기를 바라시니.

버킹검 그렇다면 내일, 우리가 저하를 모시겠습니다.

　　그럼 이만, 아주 즐거운 마음으로, 우린 물러갑니다.

리처드 글로스터 〔주교들에게〕 갑시다, 다시 예배를 봐야지.─

　　잘 가시오, 나의 친척. 잘 가오, 착한 여러분들.

　　　　리처드와 주교들이 위에서, 나머지가 아래에서 퇴장

제4막

내 손에
묻은 피는 죄악이 죄악을 선동할 정도이니.
눈물 떨구는 자비는 이 눈에 거처가 없어.—

4막 1장
런던탑 앞

엘리자베스 왕비, 늙은 요크 공작부인과 도싯 후작이 한쪽 문으로, 글로스터 공작부인 앤(앤 부인)이 클래런스의 딸과 함께 다른 쪽 문으로 등장

요크 공작부인 저게 누구냐? 우리 손녀 플랜타저넷 아니냐,

손잡고 이끄는 것은 그 애의 친절한 글로스터 숙모고?

지금 분명, 저 애는 탑을 찾아오는 걸 게야,

순수한 마음의 사랑으로, 어린 세자께 인사를 드리려고—

며늘아기야, 마침 잘 만났구나.

앤 부인 하나님께서 두 분 어르신 모두

행복하고 기쁜 나날 보내시게 하소서.

엘리자베스 왕비 자네도 그러기를, 착한 동서. 어딜 가시는가?

앤 부인 탑이지 어디겠어요. 게다가—제가 추측건대는—

다해야 할 경건한 의무도 같겠지요—

저기 계신 고결한 세자께 인사를 올리는.

엘리자베스 왕비 친절한 동서, 고마워요. 모두 같이 들어가지요—

〔탑으로부터 책임관 브레이큰베리 등장〕

그리고 마침, 저기 책임관이 오네요.

책임관 선생, 괜찮다면 좀 묻겠소,

어떠시오 세자와, 내 어린 아들 요크는?

브레이큰베리 아주 잘 계십니다. 왕비마마. 죄송합니다만,

두 분을 뵙게 해 드릴 수는 없겠네요.

왕께서 엄금하신 터라서요.

엘리자베스 왕비 왕, 누가 왕이오?

브레이큰베리 그게, 호국경 말씀입니다.

엘리자베스 왕비 호국경 같은. 주님 막아 주소서 그를 왕 칭호로부터.

그자가 장벽을 세웠단 말요 우리 두 아이와 나 사이에?

난 걔들 에미요, 누가 날 걔들로부터 가로막아?

요크 공작부인 난 걔들 애비의 에미 되는 사람, 볼 테다 아이들을.

앤 부인 난 법적으로 그들 숙모, 사랑으로는 그들 어머니다,

그러니 날 데려가 다오 아이들 있는 데로. 내가 책임지고,

네 명령 불이행 죄를 어떻게든 불문케 해 줄 테니.

브레이큰베리 안 됩니다, 마마, 안 되죠 제가 제 직무를 포기하면,

전 선서에 매인 몸입니다. 그러니 용서하소서. [퇴장]

더비 백작 스탠리 경 등장

스탠리 귀부인들께서는 한 시간 뒤 다시 만나 주시기만 바라고,

우선 요크 마마께 예를 표하겠습니다. 아름다운 왕비

두 분의 시어머니이자 돌봐 주시는 존경스런 분으로요.

[앤에게] 가시죠, 마마, 웨스트민스터 성당으로 직행하시어,

거기서 대관식을 치르셔야 합니다. 리처드의 왕비로.

엘리자베스 왕비 아 내 옷 몸통 부분 끈 장식을 찢어 다오, 갇힌 내 심장이

팔딱거릴 여지를 갖게끔, 아니면 기절하겠구나

      사람 죽이는 이 청천벽력 소식에.

앤 부인 앙심의 시절이로다! 오 불쾌한 소식이야!

도싯 〔앤에게〕기운 내세요.—어머니, 괜찮으세요?

엘리자베스 왕비 오 도싯, 그런 말 할 때가 아냐. 달아나거라.

      죽음과 파멸이 물어뜯고 있어 네 발뒤꿈치를.

      네 어미의 이름이 불길하구나 네게.

      죽음을 앞지르려면, 가서 바다를 건너고

      리치먼드와 함께 살거라, 지옥에서 멀리 떨어져.

      가거라, 어서! 어서 벗어나 이 도살장을,

      네가 사망자 수를 늘리지 않게끔,

      난 죽어야지 마가릿 저주에 묶인 노예로.

      '어머니도, 아내도, 잉글랜드 여왕도 아닌 신세로.'

스탠리 참으로 현명한 근심의 말씀이었습니다, 마마.

      〔도싯에게〕최대한 다뤄야 하오 시각을.

      내가 쓰리다 내 양아들 리치먼드에게 보내는 편지를

      당신을 위해, 당신을 마중 나오라고 말이오.

      어리석게 지체하다 너무 늦은 신세가 되지 마시오.

요크 공작부인 오 재앙을 뿌리는 처참의 바람이로다!

      오 내 저주받은 자궁, 죽음의 생가로다!

      한 마리 바실리스크를 네가 부화시켰구나 세상에다,

      노려보는 것만으로 사람을 죽이는 그 괴물 뱀을 말이다.

스탠리 가시죠, 마마, 가셔야죠. 급히 모셔 오라는 분부셨습니다.

앤 부인 난 마지못해 갈 것이고요.

      오 하나님 부디 내 이마를 두르게 될

      그 황금의 금속 테두리,

벌겋게 단 강철이게 하사, 제 두뇌까지 태워 주소서.

제 몸에 성유 대신 치명적인 독을 부으시어,

절 죽여 주소서 사람들이 '여왕 만세'를 외치기 전에.

엘리자베스 왕비 그만, 됐소, 불쌍한 분. 난 당신 영광 샘 안 나요.

내 기분 맞추느라, 자신을 저주할 거 없소.

앤 부인 없어요? 왜 없죠? 지금은 내 남편인 그자가

헨리의 시신을 따르는 내게 다가왔을 때,

그의 손에 아직 묻어 있는 그 피가 바로,

그 당시 내가 울며 따르던 내 소중한 성인이자

옛 천사 남편한테서 흐른 그 피였는데—

오 그때, 들어 봐요. 내가 리처드의 얼굴을 쳐다보았을 때,

내 바람은 이랬지요. '네놈,' 내가 그랬지요. '저주받으라

나를, 이토록 어려, 이토록 오래 과부로 살게 운명 지웠으니,

그리고 네놈이 결혼한다면, 슬픔 출몰케 하라 네놈 침대에,

그리고 네놈 아내는—그런 미친 년 있을까 모르겠다만—

비참케 하라 네놈의 삶으로,

내가 내 소중한 남편의 죽음으로 그런 것보다 더.'

근데 이럴 수가, 내가 이 저주를 다시 할 수 있기도 전에,

그토록 짧은 시간 안에, 나의 여자 마음이

사로잡히게 된 거예요 그의 밀어에,

내 자신이 뱉은 영혼의 저주를 내가 뒤집어쓰게 되었구요,

그리고 그 저주가 이제까지 내 눈의 휴식을 가로막았어요—

이제껏 한 번도 없었으니까, 그의 침대에서 한 시간이나마

잠의 황금 이슬을 맛본 적이,

무시무시한 그자의 악몽 잠꼬대에 늘 깼거든요.

게다가, 그자는 날 미워했죠 우리 아버지 워릭 때문에,

그리고, 틀림없어요, 곧 날 제거할 작정입니다.

엘리자베스 왕비 가여운 동서, 안녕. 정말 안됐네요 동서 한탄은.

앤 부인 형님 처지가 더 슬프시지요.

도싯 안녕, 영광을 애통한 심정으로 맞는 분.

앤 부인 안녕, 불쌍한 분, 영광에 하직을 고하시는 분.

요크 공작부인 〔도싯에게〕 자넨 리치먼드에게 가고, 행운을 비네.

〔앤, 스탠리, 그리고 클래런스 딸에게〕 너희는 리처드한테 가고,

착한 천사가 보살펴 주기를.

〔엘리자베스에게〕 며늘애기는 지성소로 가고, 좋은 생각들이

네게 들기를.

난 무덤으로, 그곳에 평화와 안식이 나와 함께 누울 것이니.

팔십 년 남짓 슬픔의 세월을 난 보았고,

기쁨 한 시간당 슬픔 일주일이 따라붙었느니라.

엘리자베스 왕비 잠깐. 저와 함께 되돌아봐 주시죠 저 탑을.―

불쌍히 여겨 다오, 오래된 돌들아, 그 어린 아기들을,

원한이 너희의 담벼락 안에다 가둬 버린 아기들이니.

그토록 작고 예쁜 아이들이 있기엔 험악한 요람이로다,

무례한 누더기 차림 유모, 늙고 찌무룩한 놀이친구로다,

어린 왕자들한테는. 잘 대해 다오 내 아기들을.

그렇게 어리석은 슬픔이 네 돌들에게 작별을 고하노니.

　　모두 퇴장

4막 2장

궁정, 런던

등장을 알리는 나팔 신호. 대관식 성장 차림의 리처드 왕, 버킹검
공작, 윌리엄 케이츠비 경, 다른 귀족들과 시동 한 명 등장

리처드 왕 모두 자리를 물리라.—버킹검 친척.

버킹검 자애로우신 폐하?

리처드 왕 그대 손을 주오.

〔나팔 소리. 그가 옥좌에 오른다〕

이렇게 높이 그대의 충고와

그대의 지원 덕분에 리처드 왕이 앉게 되었소.

근데 우리는 이 영광을 하루 동안 누리게 되오?

아니면 영광은 지속되고, 우리가 그걸 누리게 되오?

버킹검 영광은 영속적이라, 영원히 지속되게 해야겠지요.

리처드 왕 아, 버킹검, 이제 내가 시금석 역을 맡겠소,

경께서 정말 순금인지 시험해 보겠다는 거요.

어린 에드워드가 살아 있소. 자 생각해 보오 그다음 내가 할

말을.

버킹검 계속 말씀하시죠, 저의 사랑하는 주군께서.

리처드 왕 아니, 버킹검, 내 말은 내가 왕이 되고 싶다는 거요.

버킹검 아니, 이미 왕이시잖아요, 세 겹 저명하신 주군.

리처드 왕 하? 내가 왕? 그렇지. 하지만 에드워드가 살아 있소.

버킹검 진실된, 고결한 군주시죠.

리처드 왕 오 쓰디쓴 결론이지,

　　　에드워드가 여전히 '진실된, 고결한 군주'로 살아 있다는 것
　　은.

　　　친척, 당신 전에는 그렇게 멍청하지 않았는데.

　　　알아듣기 쉬운 말로 할까? 난 그 사생아들 죽기를 바라고,

　　　그 일이 즉각 시행되면 좋겠소.

　　　자 당신 생각은 어떤가? 즉시 말해 보오, 짧게.

버킹검 폐하께서는 폐하 뜻대로 하실 수 있는 위치에 계십니다.

리처드 왕 춧, 춧, 당신 차갑기 짝이 없군. 따스함이 얼어붙었어.

　　　말하라, 그대는 찬성하는가 그들이 죽어야 한다는 것에?

버킹검 제게 약간의 짬, 한숨 돌릴 틈을 주시지요, 소중하신 주군,

　　　그러면 이 일에 대해 적극적으로 말씀을 올리지요.

　　　제가 이 문제에 대한 답을 곧 마련해 올리겠습니다. 〔퇴장〕

케이츠비 〔다른 사람에게, 방백〕 왕께서 화나셨구먼. 저봐, 입술을 깨
　　무시잖아.

리처드 왕 〔방백〕 무쇠 대가리 멍청이나

　　　몰상식한 아해들이 더 낫지. 내 체질이 아니다

　　　비판적인 눈으로 날 캐려 드는 자들은.

　　　야심만만한 버킹검이 이제 신중을 떨겠다 이거지.—

　　　애야.

시동 예?

리처드 왕 누구 없느냐 검은 돈 좀 쥐어 주면

　　　은밀한 살인을 행해 줄 자가?

시동 제가 아는 신사 한 분은 불만이 많아요
　　　기고만장한 성격인데 재산이 별로거든요.
　　　황금은 연설가 스무 명의 효과가 있다 했으니,
　　　분명 그분을 무슨 짓이든 하게 만들겠죠.
리처드 왕 그자 이름은?
시동 그분 이름은, 나리, 타이럴입니다.
리처드 왕 나도 조금 아는 자로군. 가서 그를 이리 부르거라, 애
　　야.

　　　〔시동 퇴장〕

　　　〔방백〕 계략이 음흉하고, 머리가 좋은 버킹검은
　　　더 이상 이웃이 아니로다 내 자문에.
　　　그토록 오랫동안 줄기차게 나와 보조를 맞추던 그가
　　　이제 숨 돌릴 짬을 가져야겠다고? 뭐, 그러든가.

　　　〔더비 백작 스탠리 경 등장〕

　　　뭔가, 스탠리 경? 무슨 소식이야?
스탠리 아룁니다, 사랑하는 나의 군주님,
　　　도싯 후작이, 듣기에, 도망쳤습니다
　　　리치먼드한테로, 바다 건너 지역
　　　그가 거주하는 곳으로요.
리처드 왕 이리 오라, 케이츠비. 〔케이츠비에게 방백〕 널리 소문을 내
　　　앤, 내 아내가, 아주 위중한 병에 걸렸다고.
　　　내가 그녀를 눈에 띄지 않게끔 조치할 테니까.
　　　수소문해서 신분이 비천한 신사 하나를 찾아 주게,
　　　곧장 클래런스의 딸과 결혼시킬 거니까.
　　　맏이 놈은 멍청해서, 내가 걱정을 안 해요.

이 사람 동작이 꿈꾸듯 굼뜨군. 내 다시 말한다, 소문을 내
앤, 나의 왕비가, 아프고, 죽을 것 같다고.
당장 해, 내게 매우 중요하지 않겠나
자라서 내게 위해를 가할 온갖 가망들을 중단시키는 것이.

　　　　　〔케이츠비 퇴장〕

〔방백〕 난 내 형 딸과 결혼을 해야 해,
그렇지 않으면 내 왕국은 깨지기 쉬운 유리 위에 선 꼴.
그녀 남동생들을 죽이고, 그런 다음 그녀와 결혼을 한다?
잘될지 모르지만, 내 손에
묻은 피는 죄악이 죄악을 선동할 정도이니.
눈물 떨구는 자비는 이 눈에 거처가 없어.ㅡ

　　　　　〔제임스 타이럴 경이 등장하여 무릎을 꿇는다〕

자네 이름이 타이럴인가?
타이럴　제임스 타이럴, 폐하의 가장 충성스런 신민이고요.
리처드 왕　정말로 그러하냐?
타이럴　시험해 보소서, 자애로우신 나의 주군.
리처드 왕　내 친구 하나를 죽이는 일도 감행할 수 있겠는가?
타이럴　폐하께서 원하신다면, 하지만 그보다는 적 둘을 죽이죠.
리처드 왕　핵심을 찔렀도다. 철천지원수 둘,
　　　내 휴식을 공격하고, 내 달콤한 잠을 방해하는 자들이
　　　내가 네게 처리를 맡길 자들이니라.
　　　타이럴, 탑에 있는 두 사생아 말이다.
타이럴　그들에게 자유로이 접근할 수 있게 해 주신다면,
　　　제가 곧 그들로 인한 폐하의 심려를 없애 드리지요.
리처드 왕　네가 달콤한 노래를 불러 주는구나. 이리 오라, 타이럴.

가라, 이 증표를 줄 테니. 일어나고, 귀 좀 빌려 다오.

〔리처드가 그의 귀에 대고 속삭인다〕

그게 다야. 그리되었다 말하라,

그러면 내가 그대를 사랑하고, 지위를 올리리라 그 대가로.

타이럴 당장 해치우겠습니다.

리처드 왕 네 전갈을 받을 수 있을까, 타이럴, 짐이 자기 전에?

버킹검 등장

타이럴 받게 되실 겁니다, 주군. 〔퇴장〕

버킹검 주군, 제가 궁리해 보았습니다

주군께서 제게 귀띔하신 저번 분부를.

리처드 왕 뭐, 그건 됐고. 도싯이 리치먼드한테로 도망쳤소.

버킹검 소식 듣고 알았습니다, 주군.

리처드 왕 스탠리, 리치먼드가 당신 아내 아들이지. 거, 조심해야
    겠구먼.

버킹검 주군, 제가 요구합니다 증여, 약속하신 제 권리를,

주군의 명예와 신의가 걸려 있는 그것,

헤러포드 백작령과 동산,

그것을 주군께서 약속하셨지요 제게 주시겠다고.

리처드 왕 스탠리, 그대 아내를 경계하시게. 그녀가 편지를
    리치먼드한테 보낼 경우, 그대도 무사치 못하리라.

버킹검 어떤 답을 주시렵니까 폐하께서는 제 정당한 요청에?

리처드 왕 내 분명히 기억한다, 헨리 6세가

정말 예언을 했어 리치먼드가 왕이 될 거라고,

리치먼드가 작고 성마른 소년이던 그때 말이지.

왕이라… 아마…아마도.

버킹검 주군?

리처드 왕 어쩐 일로 그 예언자가 그때 내게
할 수 없었지, 내가 옆에 있었는데, 내가 그를 죽여야 한다
는 얘기를?

버킹검 주군, 백작령에 대한 주군의 약속은.

리처드 왕 리치먼드? 저번에 내가 엑스터로 갔을 때,
시장이 의전상 성을 보여 주고는 ,
성 이름이 붉은 언덕, '루즈몽'이랬었지—그 이름에 난 질겁
했다,
왜냐면 아일랜드 켈트 시인이 언젠가 말했거든
'리치먼드'를 보게 되면 곧 죽을 거라고.

버킹검 주군?

리처드 왕 그렇다? 지금 몇 시냐?

버킹검 무례한 줄 아오나 폐하께 상기시켜 드리오
폐하께서 제게 약속했던 것을.

리처드 왕 지금 몇 시냐니까?

버킹검 막 열 시를 쳤소.

리처드 왕 그렇군, 치게 두라!

버킹검 '치게 두라'니요?

리처드 왕 그러니까, 시계처럼 그대도 계속 시간을 치라는 거지
그대의 구걸과 나의 심사숙고 사이에서.
난 오늘 주고 싶은 기분이 아니오.

버킹검 그렇다면 단호히 답해 주시오, 주겠소, 안 주겠소?

리처드 왕 거 참 귀찮구만. 내 그럴 기분이 아니라 했거늘.

리처드가 퇴장하고, 버킹검을 제외한 나머지 모두 그 뒤를 따른
다.

버킹검 그래 그렇단 말이지? 목숨을 건 내 충성에 대한 보답이
  이런 경멸? 내 이걸 받으려고 그를 왕으로 만들어 주었나?
  오 생각해야지 헤이스팅스를, 그리고 달아나야 해
  브레콘으로, 벌벌 떠는 머리가 아직 붙어 있는 동안.

  다른 쪽 문으로 퇴장

4막 3장

궁정, 런던

✕✕

제임스 타이럴 경 등장

타이럴 폭군의, 피에 굶주린 짓이 완료되었다—
　　이제까지 이 나라가 저지른
　　가장 두드러진 행위, 비참한 학살의.
　　다이튼과 포리스트는, 내가 끌어들여
　　이 무자비한 도살 건을 맡긴 자들인데,
　　사냥감 먹인 사냥개처럼 살육에 능한 그 악당들조차
　　다정과 온화한 동정으로 마음이 녹았고,
　　두 아이처럼 울었지, 왕자들 죽음의 슬픈 이야기를 전하며.
　　'오 이렇게,' 다이튼은 말했다, '누웠더라구 온순한 아기들
이',
　　'이렇게, 이렇게', 포리스트는 말했지, '서로를
　　그 흰 대리석 같은 죄 없는 두 팔로 껴안고.
　　그들의 입술은 줄기에 달린 네 송이 붉은 장미,
　　여름 한철의 아름다움을 뽐내며 서로 입을 맞춘.
　　베개 위에 기도서 한 권,
　　그것이 일순,' 포리스트가 말했다, '거의 바꿨지 내 마음을.
　　하지만 오, 그 악마 자식이'—거기서 악당은 말을 멈췄고,

그러자 다이튼이 이렇게 말을 잇더군, '우리가 질식사시킨 건

　　가장 완벽하고 달콤한 작품이었구나 자연이,

　　천지창조 이래 틀지어 낸 것 중.'

　　그리고는 둘 다 북받쳐 올랐다, 양심과 가책이.

　　더 이상 말을 못하더군, 그래서 둘은 내버려 두고

　　내가 이 소식을 전할 참이다, 그 피에 굶주린 왕에게.

　　　〔리처드 왕 등장〕

　　마침 저기 오는군.—만수무강하소서, 폐하.

리처드 왕　우리 타이럴, 희소식이냐?

타이럴　폐하께서 맡기신 임무의 완수가

　　폐하께 기쁨을 자아낸다면, 기뻐하소서,

　　임무는 완수되었으니까요.

리처드 왕　그들이 죽은 걸 두 눈으로 확인했고?

타이럴　했습니다, 주군.

리처드 왕　매장도 했고, 타이럴?

타이럴　탑 고해 신부가 그들을 묻었지요,

　　하지만 장소는, 사실대로 말하자면, 제가 모릅니다.

리처드 왕　내게 와 다오, 타이럴, 곧, 저녁 후식 자리에,

　　그때 그들이 죽은 이야기를 듣자꾸나.

　　그동안, 내게 바라는 게 뭔지 생각만 해 두거라

　　내 네가 바라는 대로 내릴 것이니라.

　　그때까지 물러가 있으라.

타이럴　몸 낮추어 작별 인사 올리나이다. 〔퇴장〕

리처드 왕　클래런스의 아들은 내가 단단히 가두었다.

그의 딸은 비천한 자와 결혼시켰지.
에드워드의 아들들은 아브라함의 가슴에 안겨 잠자고,
앤, 나의 아내는, 이 세상을 하직했다.
이제, 브레타뉴 촌놈 리치먼드가 노리는 게
어린 엘리자베스, 내 형의 딸이고,
그 매듭으로 오만하게 왕관까지 넘본다는 것을
아는 나는 그녀에게 간다, 유쾌하고 잘 나가는 구혼자로―

　　리처드 래트클리프 경이 뛰며 등장

래트클리프　주군.
리처드 왕　희소식이냐 나쁜 소식이냐, 네가 그리 직설적으로 달려
　　오는 건?
래트클리프　나쁜 소식이오, 주군. 일라이가 리치먼드한테로 도망
　　쳤고,
　　버킹검은, 강건한 웨일즈인들 지원을 받아,
　　군사를 일으켰고, 계속해서 그의 병력이 늘고 있습니다.
리처드 왕　일라이를 합한 리치먼드가 더 심각한 골칫거리지,
　　버킹검 및 그가 허둥지둥 모은 오합지졸보다.
　　오냐, 내가 알기로 겁먹고 이렇다 저렇다 해봐야
　　아둔한 주저의 발에 납덩어리를 달아 매는 꼴,
　　주저의 결말은 필경 무능한 달팽이 걸음의 거지 신세일 터.
　　그렇다면 불의 속도를 내 날개로 삼을 일,
　　주피터의 머큐리를, 왕의 사자로 삼을 일.
　　가서, 소집하라 병력을. 나는 떠들 시간에, 무장을 갖추겠
　　다.

신속히 대처할 일, 반역자들이 이미 전열을 갖추었다면.

　　모두 퇴장

4막 4장

궁정 앞

✕

늙은 마가릿 왕비 등장

마가릿 왕비 그리하여 이제 부귀영화 시작한다, 익어서
  떨어지는 과정을, 죽음의 썩은 입 속으로 말이지.
  이곳 이 금지구역에 은밀히 몸을 숨기고 나는
  쳐다본다 내 원수들의 달이 기우는 것을.
  무시무시한 서막의 목격자로다 나는,
  그리고 갈 테다 프랑스로, 내 희망은 그 결말이
  못지않게 쓰라리고, 검고, 비극적으로 드러나는 것.

  〔늙은 요크 공작부인과 엘리자베스 왕비 등장〕

  몸을 물려라, 비참한 마가릿. 저기 오는 게 누구지?
엘리자베스 왕비 아, 불쌍한 내 왕자들! 아, 귀여운 내 아기들!
  열리지 못한 내 봉오리들, 갓 피어나 만발하려던 꽃들아!
  너희들 고운 영혼이 아직 공중을 날고,
  아직 돌이킬 수 없는 운명의 자리 이전이거든,
  내 주위를 떠돌아 다오 너희 공기의 날개로
  그리고 들어 다오 너희들 에미의 탄식을.
마가릿 왕비 〔방백〕 아암 떠돌아야지 주변을, 공평한 정의가

네 유아의 아침을 노년의 밤으로 빛바래게 한 것이라.

요크 공작부인 너무나 숱한 비참이 내 목소리를 금가게 하여

비통에 지친 내 혀는 말 못하는 벙어리로다.

에드워드 플랜타저넷, 네가 왜 죽었단 말이냐?

마가릿 왕비 〔방백〕 플랜타저넷이 플랜타저넷에게 죗값을 치른 거

지,

에드워드가 에드워드에게 치른 죗값인 죽음이노라.

엘리자베스 왕비 정녕, 오 하나님, 이리도 착한 어린 양들을 버리고,

처박으시는 겁니까 그들을 늑대 내장 속에다?

여태 잠만 주무셨나요, 이런 짓이 자행되게 두다니?

마가릿 왕비 〔방백〕 그랬으니 거룩한 해리가 죽었지, 내 귀여운 아

들도.

요크 공작부인 죽은 삶, 눈먼 시력, 불쌍한 필멸의 살아 있는 유령,

비탄의 1막 1장, 세계의 치욕, 삶이 찬탈한 무덤의 왕권,

지리한 나날들의 요약 문서 기록이로다,

휴식 없음을 정당한 잉글랜드 대지 위에 휴식시키려 하나,

이 대지 또한 부당하게 물들었도다 죄 없는 자들의 피로.

그들이 앉는다.

엘리자베스 왕비 아 대지여 제게 무덤도 흔쾌히 마련해 주오,

이렇게 우울한 자리를 내주는 만큼이나 흔쾌히.

그래야 제 뼈를 묻지요, 여기서 휴식케 할 게 아니라.

아, 이토록 슬퍼할 까닭 있는 사람 우리 말고 또 있을까?

마가릿 왕비 〔앞으로 나오며〕 슬픔도 나이로 서열을 따진다면

내 슬픔을 상석으로 모시고

내 슬픔 먼저 슬피 울게 하라.

슬픔이 교제를 허락할 수 있는 거라면,

네 비탄을 말하라 다시 내 그것을 보면서.

내게 에드워드란 애 있었으나, 리처드란 자가 죽여 버렸다

내게 남편 있었으나, 리처드란 자가 죽여 버렸다.

〔엘리자베스에게〕네게 에드워드란 애 있었으나, 리처드란 자가 죽여 버렸지

네게 리처드란 애 있었지만, 리처드란 자가 죽여 버렸구나.

요크 공작부인 〔일어서며〕내게도 리처드란 사람 있었는데, 당신이 죽였소

내게 러틀랜드란 아이 있었으나, 당신이 죽이는 걸 거들었고.

마가릿 왕비 너는 클래런스란 아들도 있었는데, 네 아들 리처드가 죽였지.

네 자궁의 개집에서 기어 나왔어

지옥의 사냥개 한 마리가, 우리 모두를 죽을 때까지 사냥하기 위해.

그 개, 눈보다 더 먼저 난 이빨로,

어린 양을 갈가리 찢고 그 고운 피를 핥아 먹게 될,

하나님 수공품을 비열하게 망가트리고,

슬피 우는 영혼의 문질러 짓무른 눈들을 호령하는 그자

대지의 그 뛰어나고 대단한 폭군을

네 자궁이 풀어 우리를 무덤까지 추적케 하였다.

오, 올곧은, 정의롭고 공정하신 하나님,

정말 감사합니다, 이 묘지 똥개가

제 어미 몸에서 난 자식을 잡아먹어

그녀를 다른 이들의 비탄과 교회 친구 사이로 만들었네요.

요크 공작부인 오 해리의 아내, 내 비탄에 의기양양하면 안 되지.

하나님을 증인으로. 난 당신 비탄에 울었거늘.

마가릿 왕비 날 참아다오. 내 복수에 굶주려 있다가,

이제 물리도록 그 광경을 보는 중이니.

네 에드워드, 그가 죽었다, 내 에드워드를 죽인 그가

네 또 다른 에드워드도 죽었지, 내 에드워드의 앙갚음으로,

어린 요크, 그는 기껏 공정 거래용이지. 둘을 합쳐도

상대가 안 되거든 내가 잃은 것의 드높은 완벽에 비하면,

네 클래런스, 그는 죽었지, 내 에드워드를 칼로 찌른 그가,

그리고 이 광란극의 구경꾼들—

간통한 헤이스팅스, 리버즈, 본, 그레이—

비명에 질식사했구나, 각자의 음울한 무덤 속에서.

리처드가 아직 살아 있지, 지옥의 검은 염탐꾼,

그 이유는 단 하나, 지옥의 대리인으로서 영혼을 사들여

그리로 보낼 임무 때문에. 하지만 이제 곧, 이제 곧,

벌어진다 그의 처참한, 아무도 불쌍히 여기지 않는 죽음이.

대지가 입을 크게 벌린다, 지옥 불탄다, 적들 고함친다, 성

인들 기도한다,

그를 갑작스레 이곳에서 옮겨 달라고 말이지.

폐하여 주소서 그의 수명 계약을, 나의 하나님, 탄원하오니,

제가 살아서 '그 개가 죽었다' 말할 수 있게끔.

엘리자베스 왕비 오 정말 네가 예언했었지 때가 오리라고

네가 내 저주를 도와주었으면 하고 바랄 때,

그 배불뚝이 거미, 더러운 곱사등 두꺼비 저주 말이오.

마가릿 왕비 내가 널 그때 '내 운명의 공허한 장식품'이라고 했느니
라,
  내가 널 그때, 불쌍한 그림자, '겉치레 왕비'라 했지—
  나라는 실재의 관념,
  무시무시한 볼거리의 알랑거리는 서막,
  아래로 집어 던지려고 높이 치켜세운 자,
  어여쁜 두 아기로 하여 조롱만 받을 어머니,
  네 지나간 존재의 꿈, 삐까번쩍하기에
  사방의 위험한 사격을 부르는 깃발 과녁,
  위엄의 단순한 상징, 숨 한 번, 거품 하나,
  왕비 역 어릿광대지, 그냥 장면을 때우기 위한.
  어딨느냐 네 남편은 지금? 어딨지 네 남동생들은?
  네 두 아들은 어딨지? 네 즐거움은 어디에?
  누가 청원하고, 무릎 꿇고, '왕비마마 만세' 외치느냐?
  어디 있느냐 몸을 굽히고 네게 아양을 떨던 귀족들은?
  어디 있어 너를 따르던 떼 지은 부대는?
  이 모든 것을 격변화시키면, 보이리라 현재의 네가.
  행복한 아내는커녕, 너무나 고통스러워하는 과부,
  기쁜 어머니는커녕, 에미란 이름을 한탄하는 여자,
  왕비는커녕, 정말 비참한 여자, 시름의 관을 쓴,
  청원받기는커녕, 비천하게 청원하는 자,
  나를 조롱하던 여자는커녕, 이제 내게 조롱받는 여자,
  만인이 두려워하던 여자는커녕, 이제 두려워하는 여자,
  만인을 호령하던 여자는커녕, 아무도 복종하지 않는 여자.

이렇게 정의의 경로는 빙빙 돌아

너를 기껏 시간의 먹잇감에 불과하게 하였다,

가진 것은 오로지 예전의 너 생각뿐

그것이 널 더욱 고문하지, 너는 지금의 너니까.

네가 내 자리를 찬탈하였으니, 마땅히

찬탈하는 것 아니냐 내 슬픔의 정당한 몫도?

이제 네 오만한 목이 지도다 내 무거운 멍에의 반을―

그것으로부터, 바로 여기서, 나는 내 지친 머리를 빼내고,

그 짐을 모두 네게 넘기노라.

안녕, 요크의 아내, 그리고 슬픈 재난의 왕비.

잉글랜드의 이 비탄이 나를 미소 짓게 하리라 프랑스에서.

엘리자베스 왕비 〔일어서며〕 오 그대, 저주의 달인, 잠시 머물며,

내게 가르쳐 주오 내 원수를 저주하는 법을.

마가릿 왕비 밤에는 자지 말고, 낮에는 먹지 말거라.

비교하거라 죽은 행복을 산 비애와,

생각해 네 아기들이 실제보다 더 귀여웠고,

그들을 죽인 자 실제보다 더 추악했다고.

잃은 것을 확대하면 그 나쁜 원인 인간들이 더 나빠 보이지.

이런 생각 곰곰 하면 저주하는 법을 배우게 될 터.

엘리자베스 왕비 내 언변 미욱합니다. 오 벼려 주세요 당신 혀로!

마가릿 왕비 너의 비탄이 네 혀를 내 것처럼 벼리고 찌르게 할 터.

〔퇴장〕

요크 공작부인 왜 재앙은 숱한 넋두리를 요하는 거지?

엘리자베스 왕비 장황한 변호인이죠 비탄이라는 고객을 위한,

유산 없는 기쁨의 공허한 말잔치,

비참을 대변하는 불쌍한 웅변가고요.

그러라고 뒤야죠. 그들이 해 주는 말

딴 데는 전혀 도움 되지 않지만, 그래도 마음은 편해지니까.

요크 공작부인 오냐, 그렇다면 입 다물 거 없지, 나와 가자,

가서 지독한 말의 숨으로 질식사 시켜 버리자꾸나

저주받은 내 아들, 네 귀여운 아들을 질식사시킨 그놈을.

〔안에서 행군〕

나팔 소리다. 실컷 고함을 쳐 대는 거야.

리처드 왕과 그 수행원들이 고수들 및 나팔수들과 함께 행군하며
등장

리처드 왕 누가 내 행군을 가로막는가?

요크 공작부인 오, 네놈을 가로막을 수도 있었던 여자니라,

저주받은 자궁 속 네놈의 목을 졸라서,

그 모든 학살, 이놈아, 네가 저지른 그것들로부터 말이다.

엘리자베스 왕비 네놈이 숨기느냐 네 이마를 황금 왕관으로,

거기에 의당 찍힐 것은 낙인 아니냐—옳은 게 옳다면—

왕관의 합법적인 소유자였던 군주를 도살하고,

내 불쌍한 아들과 남동생들을 끔찍하게 죽였으니?

말해 보거라, 이 비열한 악당, 내 아이들은 어딨느냐?

요크 공작부인 이 두꺼비, 두꺼비 놈아, 네 형 클래런스는 어딨느
냐?

그의 어린 아들 네드 플랜타저넷은 어딨고?

엘리자베스 왕비 어딨느냐 그 고결한 리버즈, 본, 그레이는?

요크 공작부인 친절한 헤이스팅스는 어딨느냐?

리처드 왕 〔수행원들에게〕팡파르, 나팔! 전투 경보를 울려, 북을

　　쳐!

　　　하늘이 들으면 안 되지, 이 고자질쟁이 아낙네들이

　　　주님의 기름 부음 받은 왕에게 퍼붓는 악담을. 경보를, 울리

　　라 했다!

　　　　〔팡파르. 전투 경보〕

　　　〔두 여인에게〕고정하시고 날 예의 있게 대하시던지

　　　아니면 시끄러운 전쟁의 소음으로

　　　내 이렇게 두 분 고함 소리를 익사시키든지 둘 중 하나요.

요크 공작부인 네놈이 내 아들이냐?

리처드 왕 예, 하나님, 나의 아버님, 그리고 당신 덕분에.

요크 공작부인 그렇다면 들으렸다 꾹 참고 나의 참지 못함을.

리처드 왕 마님, 난 마님 기질을 물려받아,

　　　참고 견디지 못합니다 비난의 언사를.

요크 공작부인 오 말 안 하고는 못 견디겠노라!

리처드 왕 하세요, 그렇다면, 하지만 난 안 들을 테요.

요크 공작부인 온화하고 부드러운 언사로 해 주마.

리처드 왕 짧게 하시고요, 착하신 어머니, 제가 바쁘거든요.

요크 공작부인 그리도 바빠? 난 너를 기다렸어,

　　　하나님이 아시지, 고통과 고뇌 속에서 말이다.

리처드 왕 그리고 제가 마침내 나와 어머니를 위로한 것 아녜요?

요크 공작부인 아니지, 절대로, 그건 네가 잘 알 게다.

　　　너는 세상에 나와 세상을 나의 지옥으로 만들었다.

　　　가혹한 짐이었지 너는 내게,

　　　성마르고 제멋대로였다 너의 유년은,

네 학창 시절 무섭고, 절망적이고, 난폭하고, 강포했고,

네 성년 초기 대담하고, 뻔뻔스럽고, 위태롭고,

나이가 다 차서는, 오만하고, 음흉하고, 교활하고, 피비렸다.

온화가 늘었으나, 더 해로웠지, 증오를 친절로 숨겼으니까.

언제 내게 위로가 된 적 있었더냐

너와 같이 있는 것이?

리처드 왕 있었죠, 딱 한 번, 험프리 뭐라는 자의 식사 초대 때

아 참, 험프리 공작과 식사는 식사를 전혀 안 한단 뜻이지.

내가 그리 못마땅하시면,

행군하게 그냥 두시죠, 당신 성질 돋우게 하지 말고, 마마.—

북을 쳐라.

요크 공작부인 부디, 내 말을 들어 다오.

리처드 왕 말씀이 너무 가혹하시잖아요.

요크 공작부인 한마디만 들어 다오,

내가 결코 너와 다시는 말을 안 하게 될 것이니.

리처드 왕 해보시던지.

요크 공작부인 네가 하나님의 정의로운 법령에 의해 죽거나,

이 전쟁에서 네가 승리자로 돌아오기는커녕 말이지,

아니면 내가 슬픔과 극심한 노쇠로 죽어,

결코 다시는 네 얼굴을 안 보거나 둘 중 하나다.

그러니 가지고 가거라 너무나 무거운 나의 저주를,

하여 그것이 전투의 대낮 너를 피로케 하기

네가 차려입은 완전 군장보다 더하게끔 말이다.

나의 기도가 상대방 편에서 싸우고,

거기서 에드워드 아들들의 꼬마 영혼들이

네 적들의 사기에 속삭여,

약속하리라, 그들에게 성공과 승리를.

피비린 자이므로, 너의 최후 피비릴 것이다,

치욕이 너의 삶에 동반했고, 네 죽음에 시중들 것이다. 〔퇴
장〕

엘리자베스 왕비 저주의 명분이 훨씬 더 많으나, 저주의 용기가

훨씬 더 적으니 나는 그 모든 저주에 '아멘'이라 하겠다.

리처드 왕 잠깐, 부인. 내 부인과 할 애기가 있소.

엘리자베스 왕비 내겐 왕족 아들이 더 이상 없으니

네놈이 도살할 일 없고. 내 딸들로 말하자면, 리처드,

그들은 기도하는 수녀가 될 것이다, 울음 우는 왕비 아니라,

그러니 그들의 목숨을 겨냥치 말거라.

리처드 왕 부인에게 엘리자베스라는 딸이 있지요,

미덕 있고 아름다운, 왕족답고 자애로운.

엘리자베스 왕비 그래서 그 애가 죽어야 하고? 오 살려 다오,

그러면 내 타락시키마 그 애 도덕을, 더럽히마 그 애 아름다
움을,

나를 중상모략하마 에드워드의 침대에 부정했던 여자로,

그 애한테 씌우마 오명의 베일을.

그 애가 피투성이 도살의 상처 없이 살 수만 있다면,

내 하리라, 그 애가 에드워드의 딸이 아니라는 고백조차.

리처드 왕 그녀 출생을 모욕치 마시오. 그녀는 왕가의 공주요.

엘리자베스 왕비 그 애를 살리려고 그것을 부인하는 것이야.

리처드 왕 그녀의 생명이 가장 안전한 것은 그녀의 신분으로요.

엘리자베스 왕비 오로지 그 안전으로 그녀 남동생들이 죽었고.

리처드 왕 저런, 그들은 행운의 별을 거스르며 태어났어.

엘리자베스 왕비 아니, 나쁜 자들이 그들 생명에 적대적이었지.

리처드 왕 절대 피할 수 없는 거요 운명이 내린 선고는—

엘리자베스 왕비 맞지, 하나님 은총을 거부한 자가 운명을 만든다
　　　면.

　　　내 아기들은 더 공명정대한 죽음을 맞을 운이었어,

　　　은총이 널 더 공명정대한 생으로 축복해 주었다면 말이다.

리처드 왕 부인, 내가 벌인 일이 잘되고

　　　피비린고 위험한 전쟁에서 승리를 거두어,

　　　내 당신과 당신 친척에게 선을 베풀 수 있게 되면 좋겠구려,

　　　당신과 당신 친척이 나 때문에 입은 해를 메우고 남을 만큼.

엘리자베스 왕비 어떤 선이 이제껏 하늘의 얼굴에 가려져 있다,

　　　발견되었다는 거냐, 내게 선을 베푼다니?

리처드 왕 당신 아이들의 신분 상승이오, 고결하신 부인.

엘리자베스 왕비 교수대로의 상승이겠지, 거기서 목매달릴.

리처드 왕 위엄과 행운의 꼭대기로의 상승이오,

　　　지상의 영광의 드높은 위풍당당 상징으로의.

엘리자베스 왕비 달래 보거라 내 슬픔을 그 얘기로.

　　　어떤 신분, 어떤 위엄, 어떤 명예를,

　　　네가 전할 수 있다는 거냐, 내 아이 누구한테든?

리처드 왕 내가 가진 모든 것이지—그렇소, 내 자신과 모든 것을,

　　　내가 일체 주겠소 당신의 아이한테,

　　　만일, 성난 당신 영혼, 망각의 강 레테 속에,

그 해코지들에 대한 슬픈 기억을 당신이 익사시킨다면,

내가 당신한테 했다고 당신이 생각하는 해코지들 말이오.

엘리자베스 왕비 짧게 말해라, 안 그러면 네 친절 이야기

도중 네 친절의 기간이 끝날지도 모르니.

리처드 왕 그렇담 말하리다. 영혼으로, 내 그대의 딸을 사랑하오.

엘리자베스 왕비 그 딸의 에미가 그것을 생각한다. 영혼으로.

리처드 왕 무엇을 생각?

엘리자베스 왕비 네가 정말 내 딸을 네 영혼으로부터 사랑한다는

생각,

그렇게 네 영혼의 사랑으로부터 네가 정말 그 애 남동생들

을 사랑했고,

내 마음의 사랑으로부터 정말 네게 감사하지.

리처드 왕 그렇게 서둘러 내 말을 곡해하지 마오,

내 말은, 내 영혼으로써 그대 딸을 사랑한다는 거였고,

정말 그녀를 잉글랜드의 왕비로 만들려 하오.

엘리자베스 왕비 오냐 그렇다면, 누구란 거냐 그 애의 왕이 될 사람

은?

리처드 왕 바로 그녀를 왕비로 만드는 사람이지. 달리 누구겠소?

엘리자베스 왕비 뭐라, 너 말이냐?

리처드 왕 바로 그렇소. 어떻게 생각하시오?

엘리자베스 왕비 어떻게 네가 그녀한테 구애를 한단 말이냐?

리처드 왕 그 방법을 그대한테 배우고 싶소,

그녀의 기질을 제일 잘 아는 사람이니까.

엘리자베스 왕비 정말 나한테 배우고 싶다?

리처드 왕 부인, 내 온 마음으로 그렇소.

엘리자베스 왕비 보내거라 그 애한테, 그 애 남동생들을 죽인 자에
    게 들려,
        피 흘리는 심장 두 개를. 각각에다 새겨야겠지
        '에드워드'와 '요크'라고, 그러면 그녀가 울 게야.
        그러면 그 애한테 선사해—일전에 마가릿이
        네 아비한테 그랬듯이, 러틀랜드의 피로 적셔서 말이지—
        손수건을 주고, 그 애한테 얘기하라구, 뚝뚝 떨어지는 게
        바로 그 애의 귀여운 남동생들 몸에서 흘린 진홍 피라고,
        그리고 그걸로 닦으라 해 그 애 눈의 눈물을 말이지.
        이렇게 꼬드겼는데도 그 애가 사랑 쪽으로 안 넘어오거든,
        편지를 보내거라, 네 고결한 행위를 적은,
        말해 주라구 네가 해치웠다구 그 애의 삼촌 클래런스를,
        그 애의 외삼촌 리버즈를—맞아, 그리고 그 애를 위해
        재빨리 없앴다구, 그 애의 착한 숙모 앤을 말이다.
리처드 왕 날 놀리시는군, 부인. 그래서는
        당신 딸을 얻을 수 없지.
엘리자베스 왕비 다른 방법이 없구나,
        네가 어떤 다른 모양을 뒤집어쓰고
        리처드가 아닌 게 되지 않는 한, 이 모든 것을 저지른 게 리
    처드니까.
리처드 왕 이 결혼으로 아름다운 잉글랜드의 평화가 보장된다고
    하시오.
엘리자베스 왕비 그래서 치른 결혼은 영원한 전쟁일 터.
리처드 왕 왕이, 명령할 수 있으나, 간청한다고 말해 주시오.
엘리자베스 왕비 왕들의 왕께서 금하는 것을 그 애한테 말이지.

리처드 왕 그녀는 드높고 강력한 왕비가 될 것이라고 말해 주오.

엘리자베스 왕비 그 칭호를 내놓게 될 거라고 말이지, 지 에미가 그
　　랬듯.

리처드 왕 말해 주시오, 내 그녀를 영원히 사랑할 것이라고.

엘리자베스 왕비 하지만 그 '영원'이란 칭호 얼마나 오래 갈까?

리처드 왕 상냥한 효력을 발하지, 그녀의 순조로운 생의 끝까지.

엘리자베스 왕비 하지만 얼마나 오래 반칙 없이 그 애의 상냥한 생
　　이 지속될까?

리처드 왕 하늘과 자연이 늘려 주는 만큼.

엘리자베스 왕비 지옥과 리처드가 원하는 만큼이겠지.

리처드 왕 말해 주오 나, 그녀의 군주가, 그녀 사랑의 신민이라고.

엘리자베스 왕비 하지만 그 애, 너의 신민은, 그 따위 군주 싫어하
　　는구나.

리처드 왕 나를 좀 그럴듯하게 말해 주시오.

엘리자베스 왕비 정직한 얘기를 꾸밈없이 말하는 게 상책인 법.

리처드 왕 그렇다면 꾸밈없이 그녀에게 전해요, 내 사랑 이야기
　　를.

엘리자베스 왕비 꾸밈없는데 정직하지 않기란 너무 힘들지.

리처드 왕 당신의 명분은 너무 얕고 성급하구려.

엘리자베스 왕비 오 아니지, 내 명분 너무 깊고 죽어 있지—
　　　　너무 깊고 죽어 있다구, 불쌍한 아기들이, 무덤 속에.

리처드 왕 그 하프 줄은 뜯지 마시오, 부인. 지난 일이잖소.

엘리자베스 왕비 그 하프 줄 계속 뜯어야 해 나는, 심금이 끊길 때
　　까지.

리처드 왕 지금 나의 조지 성인, 가터 훈장과, 내 왕관을 걸고—

엘리자베스 왕비 모독당한, 불명예를 뒤집어쓴, 그리고 세 번 찬탈
　　당한.

리처드 왕 내 맹세하겠소―

엘리자베스 왕비 아무것도 안 걸고, 왜냐면 이건 맹세가 아니지.
　　조지 성인은, 모독당하여, 거룩한 명예를 잃었고,
　　가터 훈장은, 더럽혀져, 저당 잡혔다 군주의 미덕을
　　네 왕관은, 찬탈되어, 망신시켰어 왕의 영광을.
　　무언가를 맹세하여 믿게 만들고 싶으면,
　　맹세하라 네가 모욕을 주지 않은 것을 걸고.

리처드 왕 그렇다면 나 자신을 걸고―

엘리자베스 왕비 네 자신은 네 자신이 남용했지.

리처드 왕 세상을 걸고―

엘리자베스 왕비 너의 비열한 악행으로 가득 찬 세상이야.

리처드 왕 내 아버지의 죽음을―

엘리자베스 왕비 너의 삶이 그 명예를 실추시켰다.

리처드 왕 뭐 그렇다면, 하나님을 걸고―

엘리자베스 왕비 하나님 왜곡이 가장 심하지.
　　하나님과의 서약 깨는 게 두려웠다면,
　　국왕이신 내 남편이 주선한 화해를
　　네가 깨지 않았을 것, 내 남동생들이 죽지도 않았을 것이다.
　　네가 하나님 걸고 한 맹세 깨는 걸 두려워했다면,
　　지금 네 머리를 두르고 있는 제왕의 금속은
　　아름답게 꾸몄을 것이다, 내 아이의 부드러운 관자놀이를.
　　그리고 두 왕자 모두 여기서 숨을 쉬고 있겠지,
　　지금처럼―먼지의 어린 두 잠자리 친구―

깨 버린 네 맹세가 구더기 밥으로 만들지 않고 말이다.

이제 네가 네 맹세에 무엇을 걸 수 있느냐?

리처드 왕 다가올 시간.

엘리자베스 왕비 그것을 네가 모독했다, 지나간 시간에,

왜냐면 나 자신 많은 눈물을 닦아 내야 하지

앞으로의 시간에, 너로 하여 모독된 지난 시간 때문에.

아이들이 살아 있어, 네가 그 아버지들을 학살한—

아버지가 이끌어 주지 못하는 청년들, 어른 되어 비통해하

겠지,

부모들이 살아 있다, 네가 그 자식을 도살한—

늙고 열매 못 맺는 식물들, 더 늙어도 비통해하겠지.

다가올 시간을 맹세에 걸지 말거라, 그것을 네가

쓰기도 전에 악용했음이니, 잘못 사용된 지난 시간으로 말

이다.

리처드 왕 맹세코 일이 잘되어 내가 뉘우치고

좋은 결과가 나오면 좋겠구려, 내가 벌인 위험한

적대적인 전쟁 사업에서—내 자신이 내 자신을 파멸케 하

오.

하늘과 운명더러 내게 행복한 시간을 가로막으라 하오,

내게 허락지 말라 하오 낮이 낮의 빛을, 밤은 밤의 휴식을,

반대편에 서게 하시오, 모든 행운의 별들을

내 장도의 반대편에—만일, 소중한 마음의 사랑으로,

흠 없는 헌신으로, 거룩한 생각으로,

내가 그대의 아름다운, 왕녀다운 그대의 딸을 사랑하지 않

는 것이라면.

그녀 안에 있소 내 행복과 그대 행복이.

그녀가 없으면 뒤따르는 것은—나 자신과 그대에게,

그녀 자신, 나라와, 숱한 기독교도 영혼에게—

죽음, 황량, 멸망이고, 쇠락이오.

그것을 지금 피하려면 이 길 밖에 없소.

그것을 앞으로 피하려면 이 길 밖에 없을 것이오.

그러니, 장모—이렇게 불러야겠군요—

그녀에 대한 내 사랑의 변호인이 되어 주오.

내가 앞으로 무엇이 될지를 변론해요, 과거의 내가 아니라,

나의 지금 자격이 아니라, 미래의 자격을.

역설해 주오 사안의 필요와 사정을,

원대한 계획에서 어리석게 고집부리지 마시고.

엘리자베스 왕비 내가 악마의 꼬임에 넘어가야 한단 말인가?

리처드 왕 그럼요, 그 악마가 장모한테 선을 행하라 꼬드긴다면.

엘리자베스 왕비 내가 잊어야 한단 말인가 내 자신이기를?

리처드 왕 그렇죠, 장모 자신의 기억이 장모 자신을 학대한다면.

엘리자베스 왕비 하지만 그대는 내 아이들을 죽였어.

리처드 왕 하지만 장모 딸의 자궁에다 내 그들을 묻겠소,

그러면 거기, 그 방향의 불사조 둥지에서, 그들이 낳을 거요

그들 자신의 자아를, 장모에게 위안이 되게끔.

엘리자베스 왕비 내 가서 내 딸을 그대 뜻에 따르게 하리까?

리처드 왕 그리하여 행복한 어머니 되시고.

엘리자베스 왕비 가리다. 곧 내게 서찰 보내 주시오,

그러면 그 애 마음을 알려 드리다.

리처드 왕 그녀에게 실어다 주오 내 진정한 사랑의 입맞춤을,

〔그가 그녀의 입을 맞춘다〕

　그럼 안녕히 가세요—

　　〔엘리자베스 퇴장〕

　잘도 수그러드는 바보에다, 천박한, 변심 잘하는 년이로군.

　　〔리처드 래트클리프 경 등장〕

　그래, 무슨 소식이냐?

래트클리프 막강하신 폐하, 서부 해변에

　강력한 해군이 출현했나이다. 우리 편 해안으로

　떼 지어 숱한 자들이 모이지만 긴가민가, 싸울 마음이 없고,

　무기도 결의도 없어, 저들을 물리치기에 역부족입니다.

　리치먼드가 해군 제독인 걸로 사료되고,

　거기 물에 떠서, 기대하고 있어요 버킹검의

　지원군이 와서 상륙을 돕기만을.

리처드 왕 누구 발 빠른 친구를 급히 보내라 노포크 공작에게.

　래트클리프 자네가 직접 가든지, 아니면 케이츠비—어딨나

　그는?

케이츠비 여기요, 훌륭하신 주군.

리처드 왕 케이츠비, 공작에게 나는 듯 달려가게.

케이츠비 그리하겠습니다, 주군, 최대한 서둘러.

리처드 왕 래트클리프, 이리 오게. 솔즈베리에게 말을 달려라.

　거기 도착하게 되면—〔케이츠비에게〕 이런 굼뜨고, 태평한 놈

　을 보았나,

　왜 여태 꾸물대는 게야, 공작한테 안 가고?

케이츠비 우선, 강력하신 주군, 폐하 의향을 일러주셔야.

　어떤 내용을 폐하 말씀으로 전해 올릴까요?

리처드 왕 오 그렇지, 훌륭한 케이츠비. 즉각 징집하여

　　　가능한 최대의 병력과 군비를 모으고,

　　　지체 없이 솔즈베리에서 내게 합류하라 하거라.

케이츠비 가겠습니다. [퇴장]

래트클리프 뭡니까, 황공하오나, 제가 솔즈베리에서 할 일이?

리처드 왕 아니, 나보다 더 먼저 가서 뭘 하려고?

래트클리프 폐하께서 제가 먼저 서둘러 가야 한다 하셨습니다.

리처드 왕 맘이 바뀌었다.

　　　　　[스탠리 경 등장]

　　　스탠리, 무슨 소식을 가져왔는가?

스탠리 아닙니다, 훌륭하신 주군, 들으시면 흡족하실 소식이,

　　　아주 나쁜 소식도 아니죠, 보고드리는 게 좋겠다 싶을 뿐.

리처드 왕 아이구야, 수수께낄세! 좋지도 않고 나쁘지도 않다니.

　　　그대는 왜 군이 수 마일씩 빙빙 도는가

　　　단도직입적으로 말하면 될 것을?

　　　다시 묻노라, 무슨 소식인가?

스탠리 리치먼드가 바다 위에 나타났습니다.

리처드 왕 거기서 그냥 가라앉고, 바다를 그 위로 하라 그래.

　　　간이 새하얀 겁쟁이 반역자 놈이, 거기서 뭘 한다오?

스탠리 전 모릅니다, 강력하신 폐하, 하지만 추측건대.

리처드 왕 그래, 그대가 추측건대는?

스탠리 도싯, 버킹검과 일라이가 부추겨서,

　　　그가 잉글랜드로 온 것 아닐까, 이 나라 왕관을 요구하려고.

리처드 왕 옥좌가 비었소? 왕의 검 주인이 없소?

　　　왕이 죽었나? 나라에 주인이 없어?

짐 말고 살아 있는 요크의 상속자가 또 있소?

위대한 요크의 상속자 말고 누가 잉글랜드의 왕인가?

다시 묻겠소, 그자가 바다 위에서 뭘 하고 있소?

스탠리 그 이유 말고는, 주군, 전 짐작을 못하겠습니다.

리처드 왕 그자가 그대의 주군 되려고 온다는 것 말고는,

왜 그 웨일즈 놈이 오는지 짐작을 못하겠다 이거지.

그대도 역심을 품고 그에게로 도망칠 심산이구먼.

스탠리 아닙니다, 훌륭하신 주군, 그러니 절 의심치 마소서.

리처드 왕 그렇다면 그대 병력은 어디 있는가? 그를 물리칠,

그대의 소작인들과 추종자들은 어디 있는가?

그들이 지금 서부 해변에서

역도들을 안전하게 하선시키고 있는 것 아니오?

스탠리 아닙니다, 훌륭하신 주군, 제 친구들은 북방에 있지요.

리처드 왕 냉정한 친구들이군 내게는. 그들이 북방에서 뭘하고 있

단 말이오.

서쪽으로 와서 자기들 주군한테 충성을 다해야 할 이때?

스탠리 그들은 아직 명을 받지 않았습니다, 강력하신 국왕.

황공하오나 폐하께서 보내 주신다면,

제가 친구들을 소집하여 폐하를 알현케 하겠나이다,

폐하께서 원하시는 시간에 원하시는 장소에서.

리처드 왕 그래, 그래, 가서 리치먼드와 합류하고 싶겠지.

난 그대를 믿지 않을 테다.

스탠리 너무도 강력하신 폐하,

폐하께서는 제 우정을 불신하실 아무 이유가 없습니다.

저는 결코 배신한 적 없고, 앞으로도 결코 없을 것입니다.

리처드 왕 그렇담 가서 사람들을 징집하라―하지만 남겨 두지,
　　　　그대 아들 조지 스탠리를. 마음을 확고히 하시게,
　　　　아니면 그의 모가지가 위태로울 밖에.
스탠리 제가 보이는 충성만큼 대해 주시면 됩니다. 〔퇴장〕

　　　　　　사자 등장

사자 자애로우신 폐하, 지금 데본셔에서,
　　　제가 친구들한테서 자세히 들은바,
　　　에드워드 코트니 경과 그 오만한 고위 성직자,
　　　엑스터 주교, 그의 형이,
　　　숱한 더 많은 공모자들과 함께 무기를 들었습니다.

　　　　　　또 다른 사자 등장

두 번째 사자 켄트에서, 주군, 길포드 시민들이 무기를 들었고,
　　　　시시각각 더 많은 동패들이
　　　　역도들에게 몰려들고, 그 세력이 강해지고 있습니다.

　　　　　　또 다른 사자 등장

세 번째 사자 주군, 엄청난 버킹검 군대가―
리처드 왕 꺼져라 너희, 올빼미들! 죽음의 노래만 읊어 대느냐?
　　　　〔그가 사자를 때린다〕
　　　　이놈, 맛 좀 봐라, 더 나은 소식을 가져올 때까지.
세 번째 사자 제가 폐하께 전해 올릴 소식은,
　　　　다름 아니오라, 급작스런 홍수와 폭우로,
　　　　버킹검의 군대가 뿔뿔이 흩어졌사옵고,

버킹검 자신은 따로 떨어져 나갔는데,

아무도 행방을 모른다 하옵니다.

리처드 왕 어이쿠 미안하구나.—

래트클리프, 그에게 보상해 주구려, 내가 안긴 매를.—

그래 어떤 생각 깊은 친구가 포고를 냈다녀

그 반역자를 잡아오는 자에게 포상한다고?

세 번째 사자 그런 포고가 이미 내려진 상태입니다, 주군.

또 다른 사자 등장

네 번째 사자 토머스 러벨 경과 도싯 후작이—

소문에 의하면, 주군—요크셔에서 무기를 들었습니다.

하지만 크게 위안이 되는 소식도 올립니다.

브레타뉴 해군이 폭풍우로 흩어졌어요.

리치먼드가 도싯셔에서 작은 배 한 척을 해안에 대고,

물었답니다 둑 위 사람들에게,

그들이 자기편인지, 기냐 아니냐?

그들이 답했대요 자기들은 버킹검에서

리치먼드 편으로 온 사람들이라고. 그는, 그들 말을 안 믿

고,

돛을 올리고 브레타뉴로 돌아갔다는군요.

리처드 왕 진군, 계속 진군이다, 우리 무기를 들었으므로.

설령 외국 군대와 싸우지 않더라도,

어쨌든 여기 국내의 역도들을 두들겨 부숴야 하니까.

케이츠비 등장

케이츠비 주군, 버킹검 공작이 체포되었습니다.

그것이 가장 좋은 소식입니다. 리치먼드 백작이
강력한 병력을 이끌고 밀포드에 상륙했다는 것은
좀 차가운 소식이겠지만, 말씀드리지 않을 수 없구요.

리처드 왕 가자, 솔즈베리로! 우리가 여기서 노닥대는 동안
왕위가 걸린 싸움의 승패가 갈릴 수 있나니.
누가 내 명을 받들어 버킹검을 압송케 하라
솔즈베리로. 나머지는 나와 행군을 계속한다.

화려한 취주. 모두 퇴장

4막 5장

사저. 아마도 더비 백작 집

더비 백작 스탠리 경과 사제 크리스토퍼 경 등

스탠리 크리스토퍼 경, 리치먼드에게 내 말 좀 전해 주오.

너무도 치명적인 이 멧돼지의 우리에

내 아들 스탠리가 짐승처럼 갇혀 있다고.

내가 반역하면, 어린 조지의 목이 날아가요.

그것이 염려되어 내가 당장 지원을 미루고 있답니다.

근데 이보오, 리치먼드 군주께서는 지금 어디 계시오?

크리스토퍼 경 펨브루크, 아니면 헤이버포드 웨스트, 웨일스의.

스탠리 어떤 고위직 인사들이 그리로 갔소?

크리스토퍼 경 월터 허버트 경, 저명한 군인이시죠,

길버트 탈봇 경, 윌리엄 스탠리 경,

옥스퍼드, 가공할 펨브루크, 제임스 블런트 경과,

라이샙토머스와 용감한 부하들,

그 밖에도 숱하지요 저명하고 훌륭한 분들이―

그리고 런던으로 그들이 정말 부대를 진격시킬 것이오,

중도에 저항이 있다면 모르겠지만.

스탠리 그럼, 서둘러 가 보시죠. 당신 주군께 안부 인사 전해 주시고.

왕비께서 진심으로 동의하셨다 전해요
그를 왕비 딸 엘리자베스와 결혼시키는 것에 말이오.
제 서찰이 그분께 명확히 전할 겝니다 제 마음을.
그럼 이만.

따로따로 퇴장

제5막

합치는 거요 흰 장미와 붉은 장미를.
오 이제 리치먼드와 엘리자베스,
각 왕가의 진정한 계승자들을,
하나님의 정당한 명으로 합치게 하고,
그들의 상속자들이
유복케 하라 합시다 다가올 시간을 얼굴 부드러운 평화로,
미소 짓는 풍요로, 그리고 아름다운 번영의 나날로.

5막 1장
솔즈베리

✕

도끼창병들의 호위 경계 속에 버킹검 공작 등장,
형리한테 이끌려 형장으로 가는 중이다.

버킹검 리처드 왕께서 나와 얘기를 나누지 않으시겠다고?

형리 네, 착하신 나리, 그러니 그냥 가시죠.

버킹검 헤이스팅스, 그리고 에드워드의 아이들, 그레이와 리버
    즈,

      거룩한 왕 헨리와 그의 아름다운 아들 에드워드,

      본, 그리고 잘못된 모든 분들,

      음험한, 부패한, 비열한 부정에 희생된 모든 분들이여,

      성난 여러분의 불만 가득한 영혼들이

      구름 통해 이 시간을 보고 있다면,

      복수를 위해서라도 조롱해 주시오 나의 파멸을.

      오늘이 만성절이지, 이보게, 아닌가?

형리 맞습니다.

버킹검 그렇다면 만성절이 내 육신 최후 심판 받는 날이로구나.

      이 날이 바로 그날이다, 에드워드 왕 통치 시절에,

      내게 떨어져도 좋다고 했던 그날, 만일 내가

      그분 아이들 및 그분 아내의 친척들을 배신한다면 말이지.

이런 날이 내게 닥쳐도 좋다고 했다
내가 가장 신뢰하는 자가 내 믿음을 배반하는 날.
오늘, 모든 성인을 기리는 이 만성절이 내 겁에 질린 영혼에
예정된 날이었구나, 내 형벌의 집행 유예 기간이 만료되는.
드높은 전지전능 하나님을 내가 희롱했으니
그분이 내 거짓 기도를 내 머리 위로 돌리고,
진정 주셨구나, 내가 농으로 청했던 것을.
이렇게 그분은 사악한 자들의 칼을 강제하여
그 끝이 주인의 가슴을 겨냥케 한다.
이렇게 마가릿의 저주가 무겁게 내 목에 떨어지누나.
'그자가,' 그녀는 말했어, '네놈 가슴을 슬픔으로 찢을 때,
기억하거라 마가릿이 여자 예언자였니라.'
나를 데려가라, 관리들, 치욕의 구역으로.
악은 악을 부르고, 죄는 죗값을 부르는 법.

　　모두 퇴장

5막 2장

편지를 든 리치먼드 백작 헨리, 옥스퍼드 백작, 제임스 블런트 경,
월터 허버트 경, 그리고 다른 사람들이, 고수 및 기수들과 함께 등
장

리치먼드 백작 헨리 무장한 동지들과, 참으로 사랑하는 친구들,
 폭정의 멍에에 멍들었으나,
 이리도 깊숙이 조국의 내장 속으로
 우리는 진군해 왔소, 저항도 받지 않고,
 그리고 이곳에서 받았소 나의 계부 스탠리께서 보내 주신
 정당한 위로와 격려의 서한을.
 그 야비한, 피비린, 그리고 찬탈 중인 멧돼지,
 여러분의 여름 밭과 다산의 포도나무를 망치고,
 여러분의 따스한 피를 사료로 꿀꺽꿀꺽 들이켜고 여러분
 내장을 파헤쳐 구유로 만드는, 이 비열한 돼지가
 지금 바로 이 섬 한가운데,
 라이스터 시 근처에 진을 치고 있답니다.
 탬워스에서 그곳까지는 하루 행군 거리밖에 안 되지요.
 하나님의 이름으로, 기운차게 진군합시다, 용감한 친구들.
 영속적인 평화라는 추수를 거둬들이기 위해

이번 한 번의 치열한 전쟁, 피비린 시련을 치르고 말이오.

옥스퍼드 한 사람 한 사람의 양심이 모두 천 개의 칼이오

　　　이 살인범과 맞서 싸우는 데는.

허버트 분명 그자의 친구들도 우리 쪽으로 넘어올 터.

블런트 그의 친구라야 무서워서 친구인 자들뿐이니,

　　　그가 가장 필요로 할 때 그를 버리고 달아나겠죠.

리치먼드 백작 헨리 모든 정황이 우리에게 유리하오. 그러니, 하나

　　님의 이름으로, 진격하지요.

　　　진정한 희망은 신속하고, 제비 날개로 나는 법,

　　　희망은 왕을 신으로, 천한 피조물은 왕으로 만드나니.

　　　행군하며 모두 퇴장

5막 3장
보스워스 들판. 끝까지 장면 계속

무장한 리처드 왕, 노포크 공작, 리처드 래트클리프 경, 윌리엄 케이츠비 경 및 다른 사람들과 함께 등장

리처드 왕 여기서 군막을 세우라, 바로 이 보스워스 들판에.

〔병사들이 군막을 세우기 시작한다〕

어쩐 일인가, 케이츠비? 왜 그리 어두운 표정을?

케이츠비 제 마음은 표정보다 열 배 더 가볍습니다.

리처드 왕 우리 노포크 경.

노포크 예, 너무나 자애로우신 폐하.

리처드 왕 노포크, 우리가 타격을 입게 되겠지. 하, 안 그렇소?

노포크 입히기도 하고 입기도 하겠지요, 경애하는 나의 주군.

리처드 왕 내 막사를 세워라! 여기서 오늘 밤 쉴 것이다.

하지만 내일은 어디 있지? 하긴, 무슨 상관인가.

누가 파악을 해 보았소 역도들의 병력을?

노포크 6천 혹은 7천입니다, 최대한으로 잡아도.

리처드 왕 뭐라, 짐의 군대는 그 세 배에 이르는데.

게다가, 왕의 이름은 세력의 탑인데,

그것이 적들한테는 없지.

군막을 세우라! 갑시다, 고결한 신사분들,

유리한 지형지물을 살펴야지.

이곳 사정에 정통한 자들을 부르시오.

군기를 엄히 세우고, 머뭇거리지 맙시다—

왜냐면, 영주분들, 내일은 바쁜 날이오.

한쪽 문으로 모두 퇴장

5막 4장

보스워스 들판

다른 쪽 문으로 리치먼드 백작 헨리, 제임스 블런트 경, 윌리엄 브
랜든 경, 옥스퍼드 백작, 도싯 후작 및 다른 사람들 등장

리치먼드 백작 헨리 지친 태양이 황금빛 땅거미로 지고

그 찬란한 불의 전차 바퀴 자국은

증표요, 내일은 날이 좋을 것이라는.

윌리엄 브랜든 경, 경께서 내 군기를 맡아 주시오.

펨브루크 백작께서는 자기 부대와 함께 계시오,

훌륭한 지휘관 블런트, 그분께 내 취침 인사 전해 주시고,

아침 두 시에

백작님을 내 막사에서 뵈었으면 한다 하시오.

그리고 한 가지 더, 훌륭한 지휘관, 부탁할 게 있는데,

스탠리 경께서 어디 진을 치셨는지, 그대는 아오?

블런트 그분 군기를 크게 잘못 본 게 아니라면,

잘못 보았을 리는 없다고 봅니다만,

그분 부대는 반 마일쯤, 최소한,

남쪽으로 떨어져 있습니다, 왕의 강력한 부대로부터.

리치먼드 백작 헨리 큰 위험 부담 없이 가능하다면,

착한 블런트, 어떻게 수를 좀 내어 그분을 만나고,

전해 주게, 내가 주는 참으로 긴급한 이 서찰을.

블런트 제 목숨을 걸고, 백작님, 임무를 수행하겠습니다.

그럼 이만, 오늘 밤은 부디 편히 쉬시기를.

리치먼드 백작 헨리 잘 가게, 훌륭한 지휘관 블런트.

〔블런트 퇴장〕

자, 신사분들.

잉크와 종이를 좀 내 막사로 보내 주시오.

내가 전투 계획을 짜겠소.

각 지휘관의 임무를 별도로 정하고,

타당하게 배분해야죠 우리의 적은 병력을.

상의해 봅시다 내일 일을.

제 막사로 가시죠, 이슬이 습하고 차니.

그들이 막사 안으로 퇴장한다.

5막 5장
보스워스 들판

✕

> 탁자 하나. 리처드 왕, 리처드 래트클리프 경, 노포크 공작, 윌리
> 엄 케이츠비 경 및 다른 사람들 등장

리처드 왕 몇 시인가?

케이츠비 저녁 식사 하실 시간입니다, 주군. 아홉 시예요.

리처드 왕 오늘밤은 저녁을 먹지 않겠다. 잉크와 종이를 좀 다오.

　　뭐야, 내 투구 면갑이 느슨해졌는가?

　　내 군장 일체를 내 막사에 갖다 놓았고?

케이츠비 예, 주군, 모든 채비가 갖추어졌고요.

리처드 왕 착한 노포크, 서두르오 그대 관할 구역으로.

　　꼼꼼한 경계를 펴시오, 믿을 만한 보초를 골라.

노포크 가겠습니다, 주군.

리처드 왕 내일은 종달새와 함께 움직이는 거요, 고결한 노포크.

노포크 여부가 있겠습니까, 주군. [퇴장]

리처드 왕 케이츠비.

케이츠비 주군?

리처드 왕 무장한 수행 전령 한 명을 보내거라

　　스탠리의 부대에. 병력을 데려오라 해라

　　해 뜨기 전까지, 아니면 그의 아들 조지가 떨어진다 그래,

영원한 밤의 눈먼 동굴 속으로 말이지.

〔케이츠비 퇴장〕

포도주 한 잔 큰 걸로 따라 다오. 느리게 타는 초 하나 키고.

백마 서리에 안장을 얹어라, 내일 전투에 그놈을 탈 테니.

점검해 내 창들 튼실한지, 너무 무거우면 안 되고.

래트클리프.

래트클리프 주군?

리처드 왕 보았느냐, 노섬벌랜드 경의 우울하던 내색을?

래트클리프 서리 백작 토머스와 그분께서

　　일몰 무렵 오랫동안, 이 부대에서 저 부대로,

　　전군을 도셨습니다. 병사들 사기를 북돋우며.

리처드 왕 그래, 되었다. 포도주를 좀 다오.

　　뭔가 빠릿빠릿한 데가 없고

　　기력도 별로구나, 평소와 달리.

　　〔누가 포도주를 들인다〕

　　내려놓거라. 잉크와 종이는 준비됐는가?

래트클리프 예, 주군.

리처드 왕 물러가거라. 경비 잘 서라 이르고.

　　한밤중 무렵 내 막사로 와서,

　　래트클리프, 군장 갖추는 걸 도와 다오. 물러가라, 그만.

　　　래트클리프가 다른 사람들과 함께 퇴장. 리처드가 글을 쓰다가,
　　　잠든다.
　　　더비 백작 스탠리 경이 리치먼드 백작 헨리와 다른 영주들이 있는
　　　헨리 막사로 등장

스탠리 행운과 승리 여신이 그대 투구 위에 앉기를!

리치먼드 백작 헨리 깜깜한 밤이 제공할 수 있는 온갖 위안이
　　　몸에 스며들기를 빕니다, 고결하신 계부님.
　　　그래, 사랑하는 내 어머님은 어떻게 지내시나요?

스탠리 내가, 대리로, 전하는 바요 그대 어머님의 축복을,
　　　그녀가 리치먼드의 행복을 위해 계속 기도 중이시니.
　　　그건 그렇고. 시간이 말없이 살금살금 다가와,
　　　동녘은 빛 줄 그어진 어둠이 부서지고 있구려.
　　　간단히 말해서—날이 밝아 오니까—
　　　준비하시오, 그대 전투를 이른 아침에,
　　　그리고 거는 거요 그대의 운을 중재,
　　　피비린 일격과 필멸을 배당하는 전쟁의 그것에 말이오.
　　　나는, 가능한 대로—내가 원하는 바는, 하기가 불가능하
니—
　　　기회를 보아 리처드를 허방에 빠트리고,
　　　그대를 돕겠소 이 불확실한 무기의 충돌에서.
　　　하지만 그대 편에서 내가 너무 앞장서면 안 되는 것이—
　　　들키게 되면, 그대의 이복동생, 어린 조지가,
　　　처형될 판이라, 지 애비 면전에서 말이지.
　　　그럼 안녕히. 낼 수 있는 시간과 무시무시한 시절이
　　　잘라 버리는군, 의례적인 사랑의 맹세와
　　　달콤한 대화의 충분한 나눔을,
　　　그토록 오래 떨어졌던 친구라면 의당 그래야 할 텐데.
　　　하나님 주소서 우리에게 이 사랑의 권리를 위한 여유를.
　　　다시 한 번, 안녕. 용감하시게, 신속하시고.

리치먼드 백작 헨리 우리 영주분들, 그분을 부대까지 모셔 주오.

　나는 근심 걱정에도 불구하고 눈을 좀 붙이겠소,

　납의 잠이 내일 날 짓누르면 안 되니까,

　승리의 날개로 치솟아야 할 때 말이오.

　다시 한 번, 안녕히, 친절하신 영주와 신사 분들.

　　〔스탠리와 영주들 퇴장. 리치먼드는 남는다.

　　리치먼드가 무릎을 꿇는다〕

　오 하나님, 저는 당신의 부하 지휘관이오니,

　저의 병사들을 자애로우신 눈으로 살펴 주십시오.

　그들 손에 쥐어 주소서, 상처 가하는 당신 분노의 칼을,

　그들이 무겁게 내리쳐 짓뭉개 버릴 수 있도록,

　찬탈자 저들의 투구를 말입니다.

　우리를 당신의 징벌 대행하는 부하로 삼으소서,

　우리가 승리로 당신을 예찬할 수 있도록.

　당신께 맡기나이다 초롱초롱한 제 영혼을,

　내 두 눈의 창을 내리기 전에.

　자고 있든 깨어 있든, 오 언제나 날 지켜 주소서.

　　그가 잠든다.
　　위에서 어린 에드워드 세자의 유령 등장

에드워드 세자 유령 〔리처드에게〕 내 무겁게 앉아 주마 내일 네 영혼
위에,

　에드워드 세자, 헨리 6세의 아들이.

　생각하라 내 청춘의 한창때 네가 나를 어떻게 찔렀는가

　튜크스버리에서 말이다. 절망하다가, 그러므로, 죽으라.

〔리치먼드에게〕 기운을 내오, 리치먼드, 부당하게 도살당한
　왕자들의 영혼이 그대 위해 싸우나니.
　헨리 왕의 아들이, 리치먼드, 그대를 위로하오. 〔퇴장〕

　　　위에서 헨리 6세의 유령 등장

헨리 왕 유령 〔리처드에게〕 내가 필멸 인간이었을 때, 기름 부음 받
　은 내 몸을
　네가 펀치로 찍어 죽음의 구멍투성이로 만들었도다.
　생각하라 런던탑과 나를. 절망하다 죽으라.
　해리 6세의 어명이니 절망하다 죽으라.
　〔리치먼드에게〕 미덕 있고 거룩한, 그대가 정복자 되거라.
　그대가 왕이 될 것이라고 예언했던 해리가
　그대를 위로하노라 그대 잠 속에서, 살아서 번창하라. 〔퇴장〕

　　　위에서 클래런스 공작 조지의 유령 등장

클래런스 〔리처드에게〕 내가 내일 무겁게 앉아 주마 네 영혼 위에,
　역겨운 포도주에 담겨 죽은 나,
　불쌍한 클래런스로다. 네 속임수에 배반당하여 죽은.
　내일 전투 때 나를 생각하고,
　떨어뜨려라 네 날 없는 칼을, 절망하다 죽으라.
　〔리치먼드에게〕 그대 랭커스터 가문의 자손이여,
　부당하게 당한 요크의 상속자들이 그대를 위해 기도하오,
　착한 천사들이 지켜 주오 그대의 군대를. 살아서 번창하오!
　〔퇴장〕

위에서 리버즈, 그레이 경과, 토머스 본 경의 유령들 등장

리버즈 유령 〔리처드에게〕 내가 내일 무겁게 앉아 주마 네 영혼 위
에,
　폼프릿에서 죽은 리버즈로다. 절망하다 죽으라.
그레이 유령 〔리처드에게〕 그레이를 생각하고, 네 영혼 절망케 하라.
본 유령 〔리처드에게〕 본을 생각하고, 죄 많은 두려움으로
　떨어트리라 촉 없는 창을. 절망하다 죽으라.
셋 모두 〔리치먼드에게〕 깨어나오, 그리고 생각하오, 리처드의 가슴
에 심긴 우리들의 원한이
　그를 정복해 줄 거라고. 깨어나오. 그리고. 승리하시오! 〔유
령들 퇴장〕

두 어린 왕자들의 유령 등장

왕자들 유령 〔리처드에게〕 꿈꾸거라 네 두 조카, 탑에서 질식당해 죽
은 그들을.
　우리가 네 가슴 속으로 들어가, 리처드,
　너를 짓눌러 주마 파멸, 치욕과, 죽음에로.
　네 조카들의 영혼이 명하노니 절망하다 죽으라.
　〔리치먼드에게〕 주무시오, 리치먼드, 평화로 주무시고 기쁨으
로 깨어나시오.
　착한 천사들이 그대를 지켜 주오 멧돼지의 행악으로부터.
　살아서, 낳으시오 행복한 왕족을!
　에드워드의 불행한 아들들이 명하노니 번창하시오! 〔유령들
퇴장〕

헤이스팅스 유령 〔리처드에게〕 피비리고 죄 많게, 죄인으로 깨어나
　　피비린 전투 속에 끝내거라 네 생애를.
　　헤이스팅스 경을 생각하고, 그런 다음 절망하다 죽으라.
　　〔리치먼드에게〕 고요한, 평정한 영혼, 깨어나, 깨어나시오!
　　무장하고, 싸우고, 정복하시오 아름다운 잉글랜드를 위해.
　　〔퇴장〕

위에서 앤 부인의 유령 등장

앤 부인 유령 〔리처드에게〕 리처드, 네 아내, 비참한 앤 네 아내,
　　너와 평온한 잠을 한 시간도 채 자 본 적 없는 그녀가,
　　이제 채우노라 네 잠을 혼란으로.
　　내일 전투에서 나를 생각하고,
　　떨어트리거라 날이 없는 네 칼을. 절망하다 죽으라.
　　〔리치먼드에게〕 그대 고요한 영혼, 자오 그대 고요한 잠을.
　　꿈꾸오 성공과 행복한 승리를.
　　그대의 적의 아내가 그대를 위해 기도하나니. 〔퇴장〕

위에서 버킹검 공작의 유령 등장

버킹검 유령 〔리처드에게〕 1인자였다 내가, 네 왕관을 얻게 해 준,
　　마지막 사람이었지 나는, 네 폭정에 희생된.
　　오 전투 중 생각하라 버킹검을.
　　그리고 죽으라 네 유죄에 공포를 느끼며!
　　꿈꾸라, 계속 꿈꾸라, 피비린 행위와 죽음에 대해,

낙담하고 절망하라, 절망하며, 멈추라 숨을.

〔리치먼드에게〕 난 당신을 도우면 좋겠다 희망하던 중 죽었소.

하지만 기운을 내오, 실망하지 말고.

하나님과 착한 천사들이 리치먼드 편에서 싸우고,

리처드는 자신의 온갖 오만의 꼭대기에서 추락한다오. 〔퇴장〕

리처드가 깜짝 놀라 잠에서 깨어난다.

리처드 왕 다른 말을 가져오라! 내 상처를 묶어라!

예수님, 자비를!―잠깐, 꿈이잖아.

오 겁쟁이 양심, 왜 날 이리 괴롭히느냐?

빛이 유령처럼 푸르다. 지금은 정확히 한밤중.

차갑고 두려운 방울이 곤두선다, 내 떨리는 살 위에.

내가 뭘 겁내는 거지? 내 자신? 곁에 아무도 없는데.

리처드는 리처드를 사랑해, 말하자면, 나는 나다.

여기 암살자가 있나? 없지. 있다, 내가 암살자니까.

그렇담 도망쳐야지! 뭐라, 내 자신으로부터? 말도 안 돼. 왜?

내가 복수할까 봐. 내 자신이 내 자신한테?

슬프다, 난 나 자신을 사랑하는데. 왜? 무슨 좋은 일을 해 준 게 있나 나 자신이 나 자신한테?

오 없다, 슬프게도, 난 오히려 증오해 나 자신을

나 자신에 의해 저질러진 증오스런 짓거리들 때문에.

난 악당이야. 하지만 그건 거짓말, 난 악당이 아니다.

바보, 네 자신을 좋게 말하다니.—바보, 아첨을 하면 안 되
지.
　　내 양심은 따로따로 혓바닥이 천 개고,
　　각각의 혓바닥 모두 따로따로 얘기를 내오고,
　　각각의 이야기 모두 나를 악당이라 비난한다.
　　위증이다, 위증, 가장 불경스러운!
　　살인이다, 엄혹한 살인, 가장 끔찍한!
　　온갖 별도 범죄들, 각각의 수준으로 모두 자행된 그것들이,
　　법정으로 우르르 몰려들지, 모두, '유죄다, 유죄다!' 외치며.
　　난 절망하고 말 거야. 어느 피조물도 날 사랑하지 않고,
　　내가 죽으면 어느 영혼도 날 불쌍히 여기지 않겠지.
　　아니, 그들이 왜 그러겠어?—내 자신이
　　내 자신 속에서 내 자신에 대한 긍휼을 찾을 수 없는 마당
에.
　　내가 살해한 모든 이의 영혼이
　　왔던 것 같아 내 막사에, 그리고 각자 모두 위협했지
　　내일 리처드 머리에 떨어질 복수를.

　　　　래트클리프 등장

래트클리프　주군?
리처드 왕　웬 놈이냐, 거기?
래트클리프　주군, 접니다. 마을의 이른 수탉이
　　두 번 했어요 인사말을 아침한테.
　　주군 친구분들 모두 일어나, 갑옷을 죄고 계십니다.
리처드 왕　오 래트클리프, 내 무시무시한 꿈을 꾸었다.

네 생각은 어떠냐, 내 친구들 모두 충직한 걸로 드러날까?

래트클리프 물론입니다, 주군.

리처드 왕 래트클리프, 난 두려워, 겁이 난다구.

래트클리프 저런, 우리 주군, 환영을 겁내시다뇨.

리처드 왕 사도 바울을 걸고, 오늘밤 허깨비들은

　　　　　더 많은 공포를 안기는구나 리처드의 영혼에

　　　　　병사 만 명의 실재보다 더.

　　　　　방탄 무장한 저들, 천박한 리치먼드가 이끄는 저들보다 더.

　　　　　날이 밝으려면 아직 멀었지. 자, 나와 함께 가자.

　　　　　아군의 진영에서 내가 염탐꾼 노릇 하리라,

　　　　　혹시 내게서 달아나려는 자 없는지 봐야겠다. [리처드와 래트

　　클리프 퇴장]

　　　　자기 막사에 앉아 있는 리치먼드 백작 헨리한테로 영주들 등장

영주들 안녕히 주무셨습니까, 리치먼드.

리치먼드 백작 헨리 부디 용서하시오, 영주분들과 깨어 계신 신사

　　분들,

　　　　미적미적 게으름 피우다 이렇게 들켰구려.

한 영주 잠은 잘 주무셨습니까, 백작님?

리치먼드 백작 헨리 이제껏 내 졸린 머리에 들어온,

　　　　가장 달콤한 잠과 가장 의지가 되는 꿈을,

　　　　여러분이 떠난 뒤 내가 자고 꾸었소, 영주분들.

　　　　리처드가 그 육신을 살해한 영혼들이

　　　　내 막사로 와서 승리를 독려하는 것 같았지요.

　　　　말씀드리지만, 내 영혼이 기쁨에 넘칩니다

그토록 공명정대한 꿈의 기억에 젖어.

새벽 몇 시나 되었소?

한 영주 막 네 시를 쳤습니다.

리치먼드 백작 헨리 좋소 그러면, 무장을 하고, 지시를 내립시다.

〔그가 병사들에게 연설한다〕

자세한 얘기는, 사랑하는 동포들,

이제 시간이 별로 없으니

접어 두기로 합시다. 다만 이 점을 명심하시오.

하나님과 훌륭한 명분이 우리 편에서 싸웁니다.

거룩한 성인과 학대받은 영혼들의 기도가,

우뚝 솟은 성채처럼 서 있소 우리 부대 앞에.

리처드를 빼면, 우리가 맞서 싸울 자들은

우리가 이기길 바랄 것이오, 그들이 따르는 그가 이기느니.

왜냐면 그들이 따르는 그가 누굽니까? 참으로, 친구들,

피에 굶주린 폭군이자 살인자란 말이오,

피로 왕위에 오른 자이자, 피로 왕위를 유지한 자,

그가 지금 지닌 것을 얻을 수단을 짜냈고,

그런 다음 그를 도운 수단이었던 사람들을 도살한 자,

비천한, 더러운 돌멩이, 부당하게 차지한 잉글랜드

옥좌를 금속 박편 삼아 보석 흉내를 내고 있는,

언제나 하나님의 적이었던 자올시다.

그러니 그대들이 하나님의 적에 맞서 싸울 때에,

하나님은, 정의로, 그대들을 보호하실 터, 당신의 병사니까.

그대들 기필코 폭군을 무너뜨리겠다는 것이니,

편히 잘 수 있소, 폭군이 처단된 후.

그대들 진정 조국의 적들과 맞서 싸운 것이니,
조국은 후한 보수를 줄 것이오, 그대들 수고에.
그대들 진정 그대들 아내를 보호하려 싸운 것이니,
그대들 아내는 환영할 것이오, 정복자들의 귀가를.
그대들 진정 그대들 아이를 칼이 해치지 못하게 한 것이니,
그대들 아이의 아이들이 보답할 것이오, 그대들 노년에.
그렇다면, 하나님과 이 모든 정의의 이름으로,
들어올리라 그대들 군기를! 뽑으라 그대들 의지의 칼!
나로 말하자면, 이 과감한 전투로 내가 치를 유일한 몸값은
차가운 내 시체, 대지의 차가운 얼굴에 누운 그것일 것,
하지만 내가 잘되어, 승리한다면,
그대들 중 가장 미천한 자도 제 몫을 받게 될 것이다.
울려라, 북과 나팔을, 용감하고 사기 드높게!
하나님과 조지 성자! 리치먼드에게 승리를!

북과 나팔 소리에 따라 모두 퇴장

5막 6장
보스워스 들판

리처드 왕, 리처드 래트클리프 경, 윌리엄 케이츠비 경 및 다른 사
람들 등장

리처드 왕 노섬벌랜드가 뭐랬지, 리치먼드에 대해?
래트클리프 군사 경험이 전혀 없다고요.
리처드 왕 맞는 말이지. 그러니까 서리는 뭐랬고?
래트클리프 빙그레 웃으시더니, '우리한테는 잘된 일'이라셨죠.
리처드 왕 옳은 말이야, 잘된 일이고말고.

　　　　〔시간을 알리는 시계 소리〕

　　　몇 시를 치는지 세어 보거라. 책력을 다오.

　　　오늘 해 뜨는 걸 본 사람 있느냐?

　　　　　누가 책력을 들인다.

래트클리프 전 못 봤는데요, 주군.
리처드 왕 그렇다면 빛을 내기 싫은 모양이군, 책력을 보면

　　　해가 1시간 전에 동녘을 눈부시게 했어야 하는데.

　　　검은 날이 되겠구나 누구한테는.

　　　래트클리프.

래트클리프 주군?

리처드 왕 태양은 오늘 보이지 않을 것이다.

하늘은 정말 눈살을 찌푸리고 노려보는군 아군 진영을.

이 이슬 눈물이 땅에서 사라지면 좋겠는데.

오늘 해가 나지 않는다―아니, 그게 어떻단 말인가

리치먼드도 마찬가진데? 똑같은 하늘이다

내게 눈살을 찌푸리는 거나 그를 음산하게 쳐다보는 거나.

　　　노포크 공작 등장

노포크 공작 전투 준비, 무장하세요, 주군! 들판에 적이 세를 과시
중입니다.

리처드 왕 자, 서두르라, 출진이다. 성장시키라 내 말을.

　　　〔리처드가 무장한다〕

스탠리 경을 불러, 그의 병력을 데리고 오라 해라.

　　　〔한 사람 퇴장〕

내가 직접 병사들을 이끌고 평원으로 나가겠다.

그리고 전투 대형 배치는 이렇다.

제1열은 최대한 길이를 늘이고

기병과 보병 동수로 배치한다,

궁수들이 한가운데를 튼튼히 받쳐 주고.

노포크 공작 존, 서리 백작 토머스가,

지휘하라 이들을.

이렇게 배치한 다음, 짐 자신은 주력 부대를

이끌고 따른다, 그 양쪽 날개를

최고의 기병으로 단단히 보강하고.

이 군세에, 조지 성인까지 가세하고! 어떻소, 노포크?

노포크 공작 훌륭한 작전 명령입니다, 호전적이신 폐하.

　　　　〔그가 그에게 종이쪽지를 보여 준다〕

　이 쪽지를 제가 오늘 아침 제 막사에서 발견했습니다.

　　　　〔그가 읽는다〕

　　　'노포크의 존이란 아해, 너무 깝치지 마라,

　　　네 주인 리처드란 아해 돈에 팔려 나간 신세니.'

리처드 왕 적들이 꾸몄구만.—

　자, 신사들, 각자 자기 임무로.

　지껄여 대는 꿈에 짐의 영혼 겁먹지 않았도다.

　양심이란 겁쟁이들이 쓰는 단어,

　강한 자 겁주기 위해 처음 고안된 그것일 뿐.

　강한 두 팔이 짐의 양심, 칼이 짐의 양심이도다.

　계속 행군이다, 용감히 전투에 임하며! 가자, 황급히—

　하늘이 아니라면, 손에 손 잡고 지옥으로.

　　　　〔그가 병사들에게 연설한다〕

　내가 무슨 말을 하겠는가, 이미 말한 것 이상으로?

　명심하라 너희가 싸우게 될 자들이 누군지.

　패거리란 말이다, 부랑자, 악당과 도망자들의,

　브레타뉴의 더껑이이자 비천한 농민 신분들이지,

　너무 가득 찬 그들 나라가 구역질로 토하여

　절망적인 투기와 틀림없는 파멸에 내팽개친.

　너희 편히 자는지라, 그들이 너희를 불안게 한다,

　너희 땅이 있고 황홀하게 아름다운 아내로 축복받은지라,

　그들이 전자를 몰수하고, 후자를 범하려 한다.

　그리고 그들을 이끄는 자, 실로 하찮은 놈 아닌가?

내 어머니 덕에 오랫동안 브레타뉴에서 목숨을 부지한,
빙충이, 평생 단 한 번
눈이 신발 등 덮는 정도의 추위도 겪어 본 적이 없는 놈.
채찍질로 쫓아내자, 이 낙오자들을 바다 건너로 다시,
매질하여 꺼지게 하라, 프랑스의 이 오만방자한 넝마들,
이 굶주린 거지들, 자기 생에 지친 자들을,
이자들은—이 어리석은 공적 사냥 몽상이 아니었다면—
생계를 꾸릴 길 없어, 제 목을 맸을 불쌍한 쥐들이므로.
설령 정복당하더라도, 사람이 우릴 정복케 할 일,
이 브레타뉴 사생아들은 안 된다, 이놈들은 우리 선조가
그들 자신의 땅에서 부수고, 치고, 때려눕히고,
치욕의 상속자로 역사 기록에 남긴 자들 아닌가.
이들이 우리 땅을 누리게 할 테냐? 아내들과 자게 할 테냐?
딸들을 강탈케 할 테냐?

〔먼데서 북소리〕

귀 기울이라, 들린다 저들의 북소리.
싸우라, 잉글랜드의 신사들! 싸우라, 용감한 자유민들!
당기라, 궁수들, 당기라 화살을 화살촉까지.
박차를 가하라 자랑스런 너희 말에, 그리고 힘차게 달려라!
깜짝 놀라게 하라 하늘을, 부러진 너희 창들로!

〔사자 등장〕

뭐라더냐 스탠리 경은? 병력을 끌고 온다던가?
사자 주군, 그는 오기를 거절했습니다.
리처드 왕 어린 조지의 목을 날려라!
노포크 주군, 적이 늪지대를 지났습니다.

전투 후에 조지 스탠리를 죽이소서.
리처드 왕 천 개의 심장이 내 가슴 속에서 벌떡거린다.
기수 전진! 적을 공격하라!
우리의 오랜 용기의 슬로건, 공정한 조지 성인이시여,
불을 뿜는 용의 분노로 우리의 사기를 진작시키소서.
공격 앞으로! 승리의 여신이 우리 투구에 앉았도다!

모두 퇴장

5막 7장

보스워스 들판

전투 경보. 소규모 전투들. 윌리엄 케이츠비 경 등장

케이츠비 〔부르며〕 원군을, 노포크 경! 원군, 원군을 보내 주오!

〔병사들에게〕 왕께서 인간 이상의 기적을 행하시며,

온갖 위험에 맞서고 계시니라.

타고 있던 말이 살해되자, 보병으로 싸우신다,

죽음의 목구멍 속에서도 오매불망 리치먼드를 노리며.

〔부르며〕 원군을, 우리 경, 아니면 우리는 지고 맙니다!

전투 경보. 리처드 왕 등장

리처드 왕 말을 다오! 말을! 말 한 필이면 내 왕국도 주리로다!

케이츠비 물러나십시오, 주군. 말은 제가 구해 보겠습니다.

리처드 왕 이놈, 내 이 주사위 한 판에 목숨을 걸었으니,

죽든 살든 그 끝장을 볼 것이다.

전장에 리치먼드가 여섯 개는 되는 모양이구나.

다섯을 오늘 내가 죽였건만, 그 대신이었어.

말을 다오! 말을! 말 한 필이면 내 왕국도 주리로다!

모두 퇴장

5막 8장
보스워스 들판

전투 경보. 한쪽 문으로 리처드 왕, 다른 쪽 문으로 리치먼드 백작
헨리 등장. 둘이 싸운다. 리처드가 살해된다. 리치먼드 퇴장. 퇴각
나팔 소리 그리고 화려한 취주. 리치먼드 백작 헨리와 더비 백작
스탠리 경, 여러 다른 영주들 및 병사들과 함께 등장

리치먼드 백작 헨리 하나님과 더불어 그대들의 무용 찬미받으오,

　　승리의 친구들!

　　우리가 이겼소. 그 피에 굶주린 개는 죽었소.

스탠리 〔왕관을 가져가며〕 용감한 리치먼드, 잘하시었소.

　　보시오, 여기 오랫동안 찬탈된 이 왕관을

　　이 피에 굶주린 자의 죽은 관자놀이에서

　　내가 뽑아냈소, 그것으로 그대의 이마를 아름답게 하려고.

　　그것을 쓰시고, 그것을 누리시고, 그것을 중시하소서.

　　　그가 왕관을 헨리의 머리에 씌운다.

헨리 7세 왕 하늘의 위대한 하나님, '아멘' 하소서 모든 것에.

　　그런데―어린 조지 스탠리, 그는 살아 있소?

스탠리 살아 있고, 주군, 안전합니다 라이스터 시에서,

　　그리로, 우리가 이제 이동하면 어떨까 하옵니다만.

헨리 7세 왕 양측 주요 전사자는?

스탠리 〔읽는다〕 노포크 공작 존, 로버트 브레이큰베리,

페러스 경 월터, 그리고 윌리엄 브랜든 경입니다.

헨리 7세 왕 각자 신분에 걸맞은 장례를 치러 주시오.

도주한 병사들에게 사면을 선포하시오

항복하고 우리 쪽에 귀순한다면 말이오,

그러고는—우리가 맹세하고 성찬을 받은 대로—

합치는 거요 흰 장미와 붉은 장미를.

미소 지으소서, 하늘이여, 이 아름다운 결합에,

오랫동안 양자의 적의에 눈살 찌푸리셨으니.

어떤 반역자가 내 말을 듣고 '아멘' 하지 않겠소?

잉글랜드는 오랜 광기로, 상처가 되었소 자신에게,

형제가 맹목으로 흘렸소 형제의 피를,

아버지가 경솔하게 도살했소 자기 자신의 아들을,

아들이, 어쩔 수 없이, 도살자였소 아버지한테,

요크와 랭커스터를 가른 모든 것이

하나였소 무시무시한 반목에서.

오 이제 리치먼드와 엘리자베스,

각 왕가의 진정한 계승자들을,

하나님의 정당한 명으로 합치게 하고,

그들의 상속자들이—하나님, 그분 뜻이 그러하다면—

유복케 하라 합시다 다가올 시간을 얼굴 부드러운 평화로,

미소 짓는 풍요로, 그리고 아름다운 번영의 나날로.

무디게 하소서 반역자들의 칼날을, 은총의 주님,

이 피에 굶주린 나날들을 다시 불러

불쌍한 잉글랜드가 피눈물 개울 흘리게 하려는 칼날을.
그들이 살아서 이 땅의 풍부한 농산물을 맛보게 마소서,
아름다운 이 땅의 평화에 모반의 상처를 입히려는 그들이.
이제 내전의 상처는 가셨고 평화가 다시 삽니다.
그것이 이곳에서 만세를 누리도록, 하나님 '아멘' 하소서.

　　화려한 취주. 모두 퇴장

역자 해설

1. 잉글랜드 민족 사극들 : 가장 아름다운 예술작품으로서의 역사

고대 그리스 에스킬로스, 소포클레스, 에우리피데스 '비극'의 '소재'는, 최소한 당대인들에게는, '신화'라기보다 아주 먼 옛날의, 그러나 엄연한 역사였는지 모른다. 위대한 그리스 고전 비극들은, 고대 그리스인들에게, 우리들 개념의 '사극'에 더 가까웠는지 모른다. 더 과감하게 말하자면, 그리스 고전 비극이 여전히 위대한 것은, 역사를 당대적 시각에서 다룬 결과로 그것이 갖추게 된 보편성 때문인지 모른다.

셰익스피어의 문학적 감수성으로 보아, 그런 사정은 셰익스피어도 마찬가지였을지 모른다. 즉, 잉글랜드 역사를 다룬 그의 소위 '사극들'은 그에게 민족사극일 뿐 아니라 시사극이었을지 모른다. 그의 마지막 사극 《헨리 8세》의 주인공은 바로 엘리자베스 1세 여왕의 생모를 죽인 엘리자베스 1세 여왕의 아버지였다. 그의 생애 첫 창작 작품은 《헨리 6세 2부》, 《헨리 8세》가 마지막 작품이니(확신할 수 없으나, 합작설이 나올 정도니 아마 마지막이 맞을 것이다) 그는 평생 동안 '시사=역사'의 틀 자체를 연극-예술화하는 입장이었을지 모르고, 그 입장을 '신세'로 생각했을지 모르고, 그 사극 생애의 '핵심=일상'을 비극의 절정으로 응축하는 동시에 희극의 절정으로 해방시켰던 그의 '정신=예술' 속은 우리 생각보다 훨씬 더 역동적이고 다채로운 것이었을지 모른다.

그러나 역사 현장과 전쟁과 폴스타프가 부딪쳐 작렬하는 《헨리 4

세 1부》와 《헨리 4세 2부》만 보더라도, 그의 사극들 또한 틀 자체의 연극-예술화 너머 가장 아름다운 예술 작품으로서 역사에 달하는 과정이었고 갈수록 그 결과였다. 셰익스피어 민족사극들은 전에는 물론 그 후에도 비슷한 사례가 없다. 중세 도덕 막간극이 1547년 무렵 베일의 《존 왕》을 거쳐 생성된 장르가 사극이라고는 하나, 그 《존 왕》은 주인공 말고 다른 등장인물들이 모두 아예 추상들이고 역사는 교훈을 위한 수단일 뿐이고, 1588년 무렵 《존의 골칫거리 통치》에서 추상들이 실제 등장인물들한테 자리를 내주지만, 교훈주의는 여전하다.

자신의 자료를 교훈가나 연대기 작성자가 아닌 극작가로서 다루어 실제 역사를 극화하는 사극 작가는 셰익스피어가 처음이고, (엘리자베스 1세 여왕) 시대 혹은 당대의 공통된 가치와 이상, 그리고 역사관과 세계관으로 거대한 총체를 이루는 그의 위대한 사극 연작에 비견될 만한 것은 다른 어느 나라 문학에도 없다. 그의 사극들이 잉글랜드 역사에 빚진 것이 많은 바로 그만큼, 잉글랜드 역사는 그의 사극들에 빚을 지게 된다.

셰익스피어가 엘리자베스 1세 여왕 시대에 잉글랜드 역사를 만난 것이 문학사상 손꼽히는 행운이라면, 잉글랜드 역사가 셰익스피어를 만난 것은 역사상 손꼽히는 행운이다. 셰익스피어 사극들로 하여 잉글랜드 역사는 세계 어느 나라 역사보다 더 행복한 예술에 달한다. 동시에, 셰익스피어 사극들은, 문학이므로, 셰익스피어 시대를 반영하는 정도를 넘어 셰익스피어 시대의 산물이다. 셰익스피어 사극들 또한, 에스킬로스의 오레스테스 3부작, 소포클레스의 외디푸스 3부작 못지않게, 가족-혈연사고 복수극이지만 그들과 셰익스피어 사이 2천 년이 존 왕과 셰익스피어 사이

3~4백 년으로 응집-심화하면서 '역사-사회-정치적'을 당대-예술화하고, 순식간에 순수문학과 참여문학의 구분이 무의미해지고, 갈수록 민족'주의'가 민족'극예술'로 극복되고, 때때로 혹은 수시로, 중세 기괴가 곧장 현대 기괴로 이어지기도 한다.

셰익스피어 사극들에서는 왕권 강화가 근대화의 다른 이름이다. 역시 사극은 사극이고, 지나간 역사는 지나간 역사였을까? 어쨌거나, 셰익스피어 사극들에는 실제 역사적 사실과 다른 부분이 간간히 눈에 띄는데, 우리가 역사를 인식하고 역사의 대강을 파악하는 데 방해가 될 정도는 아니고, '드라마'를 위해 불가피한 변형이며, 그 강력한 드라마로 하여, 우리의 균형 잡힌 역사 인식에 오히려 더 도움이 된다고 할 수도 있겠다. 드라마가 역사와 똑같기를 바라는 것도 일종의 완고일 테니.

《심벨린》은 보통 비극으로 분류되고, 흔히 셰익스피어의 마지막 비극으로 불리지만, 심벨린은 로마제국 시대 브리튼 왕이고, 《심벨린》은 존 왕부터 헨리 8세 시대까지를 끊기지 않고 담아내는 셰익스피어 잉글랜드 사극들보다 한참 더 앞선 시대에 '동떨어져' 있지만 역사는 전설의, 꿈같은 이야기로 시작되고 사극도 그렇게 시작하는 게 순리다. 그렇다면 그보다 더 앞선 전설 시대 이야기인 《리어왕》은? 시대에 관계없이, 사극들의 프롤로그 역을 맡기에는 너무나 강력하고 걸출한 비극이다.

《심벨린》 2막 3장 '아침의 노래'는 슈베르트가 곡을 붙인 명곡이 전해 오고, 4막 2장 '만가'는 버지니아 울프 소설 《댈러웨이 부인》 주인공 의식의 흐름의 기조를 이룬다.

첫 노래는, 노래가 끝나자마자 웬 막돼먹은 소리?《심벨린》은 처음부터, 끝나기 직전까지 불안하고, 불안이 불길하다.

브리튼 왕 심벨린의 딸 이너젠이 남모르게 포스튜머스와 결혼하고, 이너젠을 자신의 아들 클로텐과 결혼시키려는 계모 왕비가 그 사실을 일러바치고, 포스튜머스가 추방되는데, 그가 이탈리아에서 아내의 정절을 두고 쟈코모와 내기를 걸고 이길 것을 호언장담 하지만 브리튼으로 건너온 쟈코모가 술수를 부려 이너젠이 잠든 침실에 잠입, 이런저런 가짜 증거를 훔쳐 오고 침실 및 그녀 몸 특징을 설명하니 그걸 철석같이 믿은 포스튜머스는 이너젠에게 자신을 만나러 밀포드 항구로 오라는 편지를 쓰면서 그의 하인 피사니오에게는 오는 도중 그녀를 죽이라고 명한다. 그러나 피사니오는 그녀더러 남장을 하고, 브리튼을 침략 중인 로마 장군 루치우스한테로 가라고 설득하고, 그녀는 오래전 아버지가 추방했던 대신 벨라리어스, 그리고 쫓겨날 당시 벨라리어스가 훔쳐 와 산 동굴에서 키운 두 형제, 즉 그녀의 두 오빠 귀더리어스와 아비레이거스를 만나고, 겁탈을 해서라도 이너젠을 제 것으로 만들려고 그녀를 추적하던 클로텐은 두 형제에게 죽임을 당한다. 몸이 아파 먹은 약이 이너젠을 죽은 듯한 상태에 빠뜨리고 클로텐 시체 곁에 눕혀졌다 깨어나 머리 없는 클로텐 시체를 복장 때문에 포스튜머스 것으로 착각한 이너젠은 루치우스한테로 가고 이어지는 전투에서는 벨라리어스, 귀더리어스와 아비레이거스, 그리고 이탈리아에서 돌아온 포스튜머스의 활약에 크게 힘입어 브리튼인이 대승을 거둔다. 자초지종이 알려지고 온갖 화해와 용서가 이뤄지고, 심벨린은 브리튼과 로마 사이 평화를 위해 로마

황제 아우구스투스에게 조공을 바치겠다 약속하고 모두를 잔치에 초대한다.

'아침노래'는 그 아름다움에 이어지는 클로텐의 막돼먹은 소리가 딱히 음악가 탓은 아니므로 그렇다 치고, 막돼먹은, 그래서 자기들이 죽인, 모가지가 없는 클로텐 시체 옆에 이너젠을 누이며 부르는 아름다운 '만가'라니. 얼핏 《심벨린》은, 마치 《리어 왕》을 해피엔딩 스토리로 바꾸려 어설프게 뜯어 맞추고 땜질한 듯, 어설프고 황당하다. 이탈리아─프랑스─스페인인 혐오가 너무 노골적이다. 그들 대사는 모두 산문이고 이탈리아인들은 모두 악당들이고, 심지어 포스튜머스의 친구 필라리오조차 방관적이지만 그 전에 포스튜머스 대사도 산문이고, 정말 황당한 내기지만, 내기 성립 직후(1막 4장 마지막) 그가 쟈코모와 함께 퇴장하는 것은, 무슨 라스베이거스도 아니고, 정말 드물게 황당하다. 이너젠은 동음이의어 사용의 뉘앙스가, '은연중 뉘앙스'보다 조금 더 강하게, 사태에 대한 책임이 있고, 그래서 알게 모르게, 그녀가 포스튜머스─클로텐 육체 혹은 시체를 혼동할 때 우리는 '오죽하겠어' 느낌에 아주 약간 가닿게 되고, 포스튜머스가 아직도 이너젠을 못 알아보고 때리는 장면은 그 '황당=오죽'의 극치고, '기계에서 나온 신' 개념은 이 모든 것의 연극(용어)적 측면이고, 그렇다 하더라도 클로텐이, 그리고 계모 왕비가 너무 싱겁게 죽는다. 등장인물 아닌 작가 자신이, 뭔가 지쳤다는 느낌이랄까.

하지만, 《심벨린》에는 《리어 왕》뿐 아니라 《폭풍우》 연관도 있고, 그 둘이 적절하게 부딪치거나 결합, 불행과 시련 속에서도 미리 안심하는, 섭리가 편안한 경지랄까 하는 것을 언뜻 발할 때가 있고, 그때 이너젠을 '최고의 이상적인 여성'으로 보았던, 적지 않은 사람들의 말에 고개가 끄덕여지는 대목이 있다. 하여, 5막 5장 교수형 집행을 앞둔 포스튜머스와 옥리가 펼치는 죽음 대 웃음은 《맥베스》에서보다 덜 비극적이고, 산문적이지만, 그 산문 효과가 '만년작'적이다. 1925년 현대 의상의 《햄릿》이 커다란 영향을 끼치기 2년 전에 같은 방식의 《심벨린》 공연이 있었다는 것은 시사하는 바가 적지 않다 할 것이다.

《심벨린》을 가장, 셰익스피어의 다른 어떤 작품보다 더 가혹하게 평가한 것은 버나드 쇼다. 이미 1896년 이너젠 역을 준비 중이던 엘런 테리에게 《심벨린》이 터무니없는 작품이라고 투덜거리더니 급기야 1937년 그는 이 작품의 마지막 막의 결점들을 겨냥한 희곡 《결말을 바꾼 심벨린》을 발표하기에 이른다. 그리고 다행히, '만가' 첫 두 행은 댈러웨이 부인에게 제1차 세계대전의 악몽을 떠올리는 슬픈 만가이자 위엄을 잃지 않는 심오한 인내의 선언으로 거듭난다. 마지막 두 행은 T. S. 엘리엇 시 《요크셔 테리어에게》에서 거의 차용되고 있다. 스티븐 존다임이 아리스토파네스 《개구리들》을 마구잡이로 차용한 동명 뮤지컬에서는 셰익스피어와 버나드 쇼가 최고의 극작가 타이틀을 거머쥐고 되살아나 세상을 더 낫게 할 것이냐를 놓고 경쟁하는데, 죽음에 대한 자신의 견해를 묻자 셰익스피어는 위 만가를 부르는 걸로 답을 대신한다.

《존 왕》은 크게 ('사자심장왕') 리처드 1세 사후 그 둘째 동생인 존 왕과 그 첫째 동생 아들인 '아서 플랜타저넷' 사이 왕위 계승권(상속)을 둘러싼 합법 및 비합법 투쟁, 거래와 정략이 그 줄거리 골간이다. 《리어 왕》에 비해 문학성은 크게 떨어지면서도, 분명 더 높은 사회구성체가 들어서 있고, 왕권과 귀족 사이 경제적 권력 투쟁에서 귀족이 승리한 결과인 마그나 카르타가, 보이지 않거나 아주 희미하게 언급될 뿐이지만, 엄연히 들어서 있다. (사실, 마그나 카르타가 정치-사회적으로 중요해지는 것은 셰익스피어 사후다.) 입성 문제를 놓고 싸우는 것도, 결국 피비릴 것이지만, 우선은 무슨 거래를 방불케 한다.

조카 아서의 잉글랜드 왕위 계승을 지지하는 프랑스 왕 필립과 오스트리아 공작 연합 세력의 사실상 선전포고를 통보 받은 존 왕은 어머니 일리노어, 그리고 리처드 1세의 사생아 필립과 함께 프랑스를 침공했다가 존의 조카딸 블랑슈와 프랑스 왕세자의 결혼으로 평화가 다시 찾아오지만 교황 사절 팬돌프 추기경이 존 같은 골수 이단자와 평화 협정을 맺으면 파문을 시키겠다고 위협하니 프랑스 왕은 존을 배신하고, 이어진 전투에서 잉글랜드가 승리, 사생아 필립이 오스트리아 공작을 죽이고, 아서는 사로잡혀 잉글랜드로 송환되어 살해당할 위협에 처하고, 아서의 어머니 콘스탄스는 슬픔을 못 이긴 광기에 몸부림치다 죽고, 존 왕의 사주를 받은 수행원 휴버트는 차마 아서의 몸에 손을 대지 못했으나, 아서가 달아나려다 죽음을 맞게 되고, 존 왕이 죽었다고 생각한 솔즈베리 등 많은 귀족들이, 잉글랜드를 침공 중인 프랑스 왕세자 쪽에 합류하고, 존 왕은 현시국 통제권을 사생아 필립에게 넘긴 뒤 수도원으로 물러났다 독살당하고, 프랑스 왕세자의 기만술을 눈치 챈 잉글랜드 귀족들이 속속 다시 충성을 맹세하고, 새로 등극한 존 왕의 아들 헨리 3세를 중심으로 똘똘 뭉친 잉글랜드 앞에 프랑스군이 퇴각하며 막이 내린다.

'사생아' 필립 팰컨브리지는 실제 역사에서 아주 희미하게 언급될 뿐이지만, 셰익스피어는 《존 왕》에서 그를 주저 없이 플랜타저넷가 정통이자 제2의 비조로 세워 자신의 사극들을 사실상 '출발'시키며, 이것은 문학적으로 매우 적절한 출발이고, 이것 말고도 《존 왕》은 실제 역사, 혹은 역사서와 어긋나는 내용들이 꽤 있지만 대부분 그 적절함이 야기시켰거나 적절함 속으로 흡수되는 것들이다.

화려장관 볼거리를 관객들이 좋아했던 빅토리아 여왕 시대에는 가장 자주 공연되는 셰익스피어 작품 중 하나였으나 20세기 들면 《존 왕》은 1915년 이후 브로드웨이 공연이 단 한 번도 없고, 1953~2010년 스트랫포드 셰익스피어 축제 공연이 단 4회에 불과한 신세로 전락하지만, 1945년 피터 브룩이 연출한 공연은 그 의미가 적지 않다.

《리처드 2세》를 온통 수놓는 시는 봉건성을 벗는 부르조아적 아름다움의 탄생 과정이라 해도 과언이 아니고, 특히 5막 5장(폼프릿 성 감옥) 전반부 리처드의, 연주되다 그치는 음악과 어우러진, 자신의 소란스런 죽음 직전 독백은 셰익스피어 전 작품을 통틀어 몇 안 되는 압권 중 하나다.

헨리 3세의 세 아들 모두 왕에 오르니, 에드워드 1세(치세 1272~1307), 에드워드 2세(치세 1307~27), 에드워드 3세(치세 13

27~77)가 그들이고 에드워드 3세는 아들 일곱을 두게 되는데, 첫아들 웨일즈 공 에드워드(1330~1376)가 죽자 그의 아들, 즉 에드워드 3세의 장손이 리처드 2세에 오르고 《리처드 2세》 줄거리는 학정으로 치닫던 그가 에드워드 3세의 넷째 아들인 랭커스터 공작 아들, 즉 사촌 헨리 볼링브루크, 훗날의 헨리 4세에게 밀려나는 잉글랜드 역사의 한 대목이며, 그렇기 때문에 《리처드 2세》, 《헨리 4세 1부》, 《헨리 4세 2부》, 그리고 《헨리 5세》를 4부작으로 보아, '헨리 이야기'라는 뜻의 '헨리아드'라 부르기도 한다.

볼링브루크가 리처드의 삼촌 글로스터 공작 암살 죄로 노포크 공작 토머스 모브레이를 고발하자 모브레이가 볼링브루크를 '가장 위험한 반역자'로 맞고소, 리처드는 두 사람의 결투로 자신의 결백을 입증하라 했다가 마지막 순간 모브레이를 영구히, 그리고 볼링브루크를 10년 동안 잉글랜드에서 추방하라 명하고, 아일랜드 원정 경비를 감당해야 했던 그가 사망한 고온트의 재산, 의당 볼링브루크에게 상속되어야 할 그것을 자신의 삼촌 요크 공작, 그리고 노섬벌랜드 백작의 격렬한 반대에도 불구하고 몰수하니, 후자는 자신의 재산을 되찾겠다는 명분으로 권토중래를 도모하는 볼링브루크 쪽에 합류하고, 리처드는 아일랜드 원정을 떠나고 볼링브루크는 요크셔에 상륙, 노섬벌랜드와 함께 버클리 성으로 진격하고 거기에 리처드의 섭정으로 남겨졌던 요크 공작도 어쩔 수 없이 그들을 받아들이고, 웨일즈에 상륙했으나 기대했던 웨일즈 병력이 뿔뿔이 흩어졌거나 자신의 추종자 그린과 부시를 처형하고 높은 인기를 누리는 볼링브루크 쪽에 가담했다는 것을 알게 된 리처드는 요크 공작 아들 오멀을 데리고 플린트 성으로 피신했다가 거기서 볼링브루크에게 사로잡히고, 볼링브루크는 오로지 자기 재산을 찾으려는 것뿐이라고 강변하지만 볼링브루크 앞에 불려 나온 리처드의 남은 추종자 베이갓이 오멀을 글로스터 공작 살해범으로 지목하고, 볼링브루크가 모브레이 사면령을 내려 오멀과 대질시키려 하지만 모브레이는 베니스에서 이미 죽은 터였고, 불려 나온 리처드가 볼링브루크에게 왕위를 양도하고, 칼라일 주교가 불가함을 주장하다가 노섬벌랜드에게 체포되고, 리처드가 런던탑으로 호송되고, 칼라일 주교와 오멀은 볼링브루크 제거를 도모하고, 리처드는 런던탑 아닌 폼프릿 성으로 가던 도중 왕비와 작별하고, 왕비는 프랑스로 떠나고, 오멀의 음모를 발견한 요크가 서둘러 그것을 알리러 볼링브루크에게 가지만, 그 전에 오멀이 먼저 도착하여 이실직고하며 용서를 구하고, 요크 부인의 간청에 따라 볼링브루크, 헨리 4세가 용서를 하고, 볼링브루크의 명에 따라 리처드는 엑스턴의 피어스 경에게 살해된다.

3막 4장 왕비와 정원사가 나누는 대화는 뛰어난 서정성과 식물의 비유로 리처드 폐위를 예견시키는, 걸작 막간극이다. 마지막 폐위 장면은 엘리자베스 시대에 워낙 민감한 대목이라 검열에 걸렸고, 제임스 1세 왕의 왕권이 안정되고 나서야 비로소 연기 및 인쇄가 가능했고, 에섹스 지지자들의 요청으로 그의 모반 하루 전인 1601년 2월 7일 무대에 올려진, 폐위 장면이 포함된 공연은 말 그대로 역사적인 공연이 되었다.

《헨리 4세》는 '어제의 동지, 오늘의 적'과 치르는 전쟁을 다루는 잉글랜드 사극임이 분명하지만, 동시에, 《1부》는 폴스타프라는 인물을 탄생시키는, 전쟁, 더군다나 내전을 배경으로 더욱 혹심한 희극 걸작이기도 하다. 주인공은 헨리 4세가 아니라 그의 왕세자 해리와 폴스타프 및 그 패거리들이며, 전쟁, 더군다나 내전을 배경으로 더욱, 산문과 운문의, 그리고 산문끼리 쟁패가 파란만장하다. 해리 왕세자는 폴스타프를 날카롭고 효과 있게 공략하지만, 그리고 내용에서 압도적 우위에 있지만 폴스타프는 논리를 넘어서는 희극성의 존재 그 자체고, 5막 3장 해리와, 즉 전쟁 소문이 아닌 전쟁 현실과 직접 마주치는 대목에서 폴스타프의 '코믹'은 일순 나약하여 해리한테 무참하게 '깨'지지만, 그 나약함이 이런 질문을 열기도 한다. 그럴까, 그런가? 그러나 전쟁에서, 죽음 앞에서 용기를 발하는 것이 정말 용기일까, 그건 무지 아닐까? 그거야말로 위선 혹은 비겁 아닐까? 무엇보다, 평화는, 그리고 희극은 유지되어야 하는 것 아닐까?

《2부》는 그에 비해 산문이 무척 지루하고 폴스타프가 잉여 출연인 느낌이 갈수록 강하며, 에필로그 직전 (헨리 5세에 오른) 해리 왕세자가 폴스타프에게 전하는 이별 통고는 그 자체로 적절하지만, 극 전체로 볼 때 너무 늦었고, 너무 늦었으므로 폴스타프의 대응은 희극적이기는 커녕 그냥 비루할 뿐이다. 그리고, 곧 이어지는 에필로그가 다음 작품에서도 그가 등장한다고 예고하지만 《헨리 5세》에는 폴스타프가 나오지 않고, 그의 죽음이 잠깐 언급될 뿐이다. 1부의 퀴클리('재빨리'), 개즈힐('쏘다니는 언덕')에 덧붙여 돌 티어시트('인형 뜯어내고 괜찮은 쪽'), 스네어('올가미'), 팽('독이빨'), 모울디('곰팡이 낀'), 워트('사마귀'), 휘블('연약한'), 불카프('수송아지') 등 우수마발 백성들의 뜻이름들이 많이 나오는 것은, 이름이 굳어지고 족보가 생겨가는 근대, 더군다나 참혹한 전쟁과 혹심한 희극 사이 절묘한 그것이라고나 할까.

《1부》1402년 6월~1403년 7월 핫스퍼, 그의 아버지 노섬벌랜드, 그리고 그의 삼촌 우스터 백작이 핫스퍼 아내인 퍼시 부인의 오빠 모티머 영주, 모티머 부인의 아버지인 오웬 글렌다워, 그리고 더글라스 백작과 합세, 반란을 일으키지만 약속 장소인 슈루즈버리에서 핫스퍼와 실제로 합류한 것은 우스터와 더글라스 뿐, 핫스퍼는 왕세자(웨일즈 공) 해리와의 결투에서 패하여 죽고 우스터는 처형되고 더글라스는 풀려나는데, 왕세자 해리는 평소 폴스타프 패거리들과 어울려 물주 노릇을 해 주고 함께 도둑질도 하고 '멧돼지 머리 여인숙'에서 부왕과의 가상 만남을 꾸며 우스갯거리로 만드는 등 방탕 및 패륜 행각을 부러 벌이다가 3막 2장 부왕과 실제로 만난 자리에서 본심을 드러내며 참회의 눈물을 흘리고, 부자 화해가 이뤄지고, 왕세자의 위용을 갖춰 전장에 나온 터였고, 폴스타프도 슈루즈버리에 있었다.

《2부》1403~13년. 스크로우프 대주교, 헤이스팅스 경, 그리고 문장원 총재 토머스 모브레이가 반란을 일으켰다가 술수에 넘어가 스스로 군대를 해산하고 처형당하는데, 운문을 희화화하는 피스톨이 처음 등장하고 폴스타프는 여인숙 여주인 미세스 퀴클리, 창녀 돌 티어시트와 오래 놀아나더니 징병을 한답시고 간 곳에서 만난 시골재판관 로버트 샐로우를 꼬드겨, 왕세자가 자신의 막역 친구인데 곧 왕에 오를 것이고 그러면 좋은 일이 있게 해 주겠다며 천 파운드를 빌리지만, 런던에서 만난 그 왕세자, 헨리 4세가 죽어 헨리 5세에 오른 그의 친구는 면박을 주며 자기 눈앞에서 꺼지라고 말한다.

극중 모티머는 오웬 글렌다워의 딸과 결혼한 에드먼드 모티머(1409년 사망)와, 리처드 2세가 후계자로 인정했던 조카 에드먼드 모티머(1424년 사망)를 합쳐 만든 등장인물. 이 등장인물로 인해 요크 가문 전체가 에드워드 3세의 아들들과 실제 역사보다 한발 더 가깝게 된다.

《헨리 5세》의 압권은 단연, 위 대사의 힘을 받아, 전투를 앞두고 수적으로 완전 열세인 병사의 사기를 정말 극적으로 북돋우는 헨리 5세의 연설(4막 3장). 방백에서 절묘하게 이어져 공연 효과는 더 크다. 젊은 왕이 밤에 변장을 하고 막사를 돌아다니며 불안에 떠는 병사들을 달래고 그들이 자신을 정말 어떻게 생각하는지 살피고, 자신도 그냥 사람일 뿐인데 왕으로서 져야 하는 도덕적 책임에 대해 고뇌한 뒤의 연설인 것을 감안하면 감동은 배가된다. 이것을 따로 '크리스피누스 축일 연설'이라고 부른다.

캔터베리 대주교의 말에 고무되어 프랑스 왕관을 거머쥐기 위해 프랑스 원정을 떠나기 전 헨리 5세는 사우샘튼에서 자신을 암살하려는 케임브리지 백작, 스크로우프 경, 그리고 토머스 그레이 경의 음모를 발견, 이들을 처단하고 아르플레르를 점령, 칼레를 향하다가 아젠쿠르에서 프랑스 대군을 만나지만 크게 승리하며 트르와 조약으로 프랑스 왕의 딸 카트린느와 결혼하는데, 극 초

반, 피스톨과 결혼한 옛 퀴클리가 폴스타프의 죽음을 알리고 피스톨, 바돌프, 그리고 님이 원정대에 참가하지만 바돌프와 님은 약탈죄로 교수형 당하고, 피스톨은 웨일즈인 지휘관 플루얼런을 모욕했다가 그에게 흠씬 얻어맞고 부추 모양 채소 리크를 강제로 먹게 되며, 해리 왕은 플루얼런을 잉글랜드 병사 마이클 윌리엄즈와도 싸우게 만든다.

윌슨(Wilson, John Dover, 1881~1969)은 폴스타프가 《헨리 5세》에 원래 등장할 예정이었으나 켐페가 떠나 마땅한 배우가 없자 폴스타프 대사를 빼고 새로운 에피소드를 집어넣거나 피스톨이 폴스타프 대신 리크를 먹게 한 것이라고 주장한 바 있지만, 어쨌거나, 피스톨의 운문 희화화는 《헨리 5세》에서 아예 거덜 난 운문 차원에 달하고, 님, 바돌프, 피스톨의 코미디는 죽어서도 희극적인 폴스타프 죽음에 무척 심오한 페이소스를 부여한다. 바돌프의 외모는 전쟁-일상의 참상을 희극-역설적으로 강조하고, 아일랜드 방언, 웨일즈 방언, 스코틀랜드 방언의 군인-지휘관들 또한 못지않게 멍청하고, 희극적이다. 해리는 전 작품에서와 마찬가지로 산문과 운문을 모두 구사하지만, 이번에는 서민과 귀족-왕족 모두를 대변하기 위해서며, 헨리 5세의 카트린느 구애는 전부 산문이지만 폴스타프풍 산문은 아니고, 불어 동음이의의 과감한 구사는 귀족 사회 너머 국제(화) 사회를 반영한다. 소년의 죽음은, 미래-비극적이다.

《헨리 6세 1, 2, 3부》의 주인공 헨리 6세(1421~71)는 헨리 5세와 카트린느 사이에 난 유일한 아들로 돌을 맞기 전 1422년 잉글랜드 왕위에 올랐고, 1426년 웨스트민스터에서, 그리고 1431년 파리에서 대관식을 치렀고 1440~41년 이튼 칼리지, 킹스 칼리지, 케임브리지 대학을 잇달아 세웠으며 1445년 앙주의 마가릿과 결혼했는데, 온화하고 참을성 있는 성품이었으나 아버지가 남겨 준 프랑스 유산을 지켜 내거나 잉글랜드 내 랭커스터 가와 요크 가 사이 장미전쟁을 막을 만큼 강하지는 못하더니, 1471년 튜크스베리 전투 이후 피살된다.

《1부》 헨리 5세가 죽고 6세가 즉위한다. 잉글랜드인은 프랑스 내 영지를 지키려 하지만 성처녀 잔('창녀이자 마녀')의 활약에 자꾸 밀리고 잉글랜드 군을 이끌며 용감하게 싸워 수차례 승리를 거둔 탈봇도 결국 죽고 잉글랜드 내부에서 호국경 글로스터 공작과 윈체스터 주교 헨리 보포트(훗날 추기경) 사이 알력이 심해지며 템플 정원에서 양쪽이 각각 붉은 장미와 백장미를 뽑아 랭커스터 가와 요크 가 사이 본격적인 장미전쟁의 시작을 알리고, 헨리 6세는 나폴리 왕이자 앙주 공작인 르네의 딸 마가릿과 결혼한다.

《2부》 왕이 마가릿과의 결혼 선물로 앙주와 마인을 장인에게 양도한 것에 격렬한 이의를 제기하는 호국경 글로스터에게 마가릿 왕비, 추기경 보포트, 왕비의 연인 서포크, 그리고 요크가 앙심을 품고, 왕을 해코지하는 마법을 썼다는 누명을 씌워 글로스터 공작부인을 추방하더니, 글로스터마저 체포한다. 살인 혐의로 추방된 서포크가 해적들한테 다시 피살되고, 4막 대부분은 잭 케이드의 반란과 죽음의 장. 5막에서 장미전쟁이 시작되어 헨리 왕, 마가릿 왕비, 서머싯 공작과 늙은 클리포드 영주가 랭커스터 편에 서고 워릭 백작과 그 아들 솔즈베리 백작이 요크와 그 아들들을 지지한다. 1455년 세인트 앨번즈 전투가 벌어지고 서머싯 공작과 클리포드 영주가 전사한다.

《3부》 세인트 앨번즈 전투가 끝나고 헨리 6세가 요크를 자신의 왕위 계승자로 하지만 마가릿 왕비는, 아들 클리포드의 후원을 업고 자신의 적통 왕세자 에드워드를 위해 싸움을 계속, 웨이크필드에서 클리포드가 요크의 어린 막내아들 러틀랜드를 죽이고 요크도 사로잡혀 클리포드와 마가릿에게 모멸당한 후 칼에 찔려 죽는다. 하지만 요크의 두 아들, 훗날 에드워드 4세(치세 1461~83)와 리처드, 훗날 리처드 3세(치세 1483~85)가 1461년 타우튼 전투에서 랭커스터 가문을 물리치고, 여기서 클리포드가 살해당하고 헨리 6세가 체포당하고 왕에 오른 에드워드가 엘리자베스 우드빌과 결혼하자 워릭이 마가릿 편에 합류, 헨리를 풀어주고 에드워드를 사로잡지만 에드워드는 달아났다가 헨리를 다시 사로잡고, 1471년 바넷 전투에서 워릭군을 물리치고 워릭을 죽인다. 1471년 튜크스베리 전투에서 랭커스터 가문이 최종적으로 패퇴하고 헨리 6세의 맏아들 에드워드를 칼로 찔러 죽이며, 리처드는 런던탑으로 달려가 헨리 6세를 죽인다.

장미전쟁을 다루면서 특히, 법률용어가 난립한다. 초기작이지만 탈봇의 절규는 리어 왕을 연상시키기에 족하고, 서포크가 마가릿을 '꼬시'는 이야기는, 그에 비하면 더욱, 지루하고 지리멸렬한 코미디지만, 잠깐 동안의 평화 속이라는 것을 감안하면 그럴 법

하기도 하다. 평화란 그런 것이고, 그래서 좋은 거니까. 폴스타프를 뒤집었달까. 그것을 다시 뒤집어 잭 케이드를 그리 심하게 희화화했을까? 서머싯 공작은 헨리 보포트와, 그의 공작 작위를 물려받은 동생 에드먼드를 합친 인물이다.

《리처드 3세》는 기형의 왕이 벌이는, 소름끼칠 정도로 기괴하고 끔찍한 정치의 장이다.

에드워드 4세(1442~1483)는 잉글랜드 최초의 요크 가문 출신 왕으로 1461. 3. 4.~1470. 10. 3 통치 때는 폭력으로 얼룩졌고 잠시 랭커스터 가문에게 밀렸으나 튜크스베리 전투 때 랭커스터 가문을 완전 제압하고 다시 왕위에 오른 뒤 나라를 평화롭게 다스리다가 갑작스레 죽음을 맞은 인물이다. 꼽추 리처드, 훗날 리처드 3세의 맨 처음 독백을 우리는 이 책 맨 앞에서 이미 읽었고 그의 치세는 2년에 불과하다.

에드워드 4세의 임종이 시시각각 다가오고 그의 둘째 동생인 리처드가 왕위를 차지하려면 그와 왕좌 사이 여섯 사람, 에드워드의 두 아들, 즉 왕세자 에드워드와 요크 공작, 그리고 에드워드의 딸 엘리자베스, 리처드의 형인 클래런스, 클래런스의 어린 아들과 어린 딸을 처리해야 한다. 1막에서 리처드는 형 클래런스를 런던탑에 갇히게 만든 다음 다시 손을 써서 죽이는 데 성공하고, 튜크스베리에서 자신의 손으로 직접 죽인 헨리 6세 왕세자 아들 에드워드의 미망인 앤 부인한테 뻔뻔스럽게 구애, 훗날, 놀랍게도, 결혼하는 데 성공한다. 헨리 6세의 미망인 마가릿은 코러스처럼 출몰하며 철천지원수들인 요크 가문 사람들을 저주하는 한편 리처드를 조심하라 경고하고, 에드워드 4세가 죽자 리처드는, 버킹검 공작의 후원을 받으며 왕비파를 공격, 그녀 동생 리버즈 백작과, 그녀가 전 남편 사이에 낳은 아들 그레이 경, 그리고 에드워드의 고명대신 격인 궁내장관 헤이스팅스 경을 죽이고, 에드워드의, 에드워드 5세로 등극이 예정된 왕세자와 왕자 요크 공작을 런던탑에 가두고, 버킹검 공작이 런던 시민을 설득하여 리처드를 왕으로 선포케 하고, 왕에 오른 리처드가 런던탑의 왕세자와 왕자를 암살케 하고, 에드워드의 딸 엘리자베스와는, 자책과 병으로 죽어 가는 아내 앤을 더 빨리 죽게 조치한 후, 결혼하려 계획한다. 클래런스의 딸은 신분이 미비한 신사와 결혼할 것이고, 그의 아들들은 멍청하니 그만하면 되었다. 그런데 왕세자를 죽인 것에 대해 버킹검 공작 마음이 갈팡질팡하고, 리처드가 내치니 버킹검은 헤이스팅스의 친구 스탠리 경의 사위인, 랭커스터 가문의 리치먼드 백작 헨리 튜더, 훗날의 헨리 7세와 합류하려다 사로잡혀 처형되고, 상륙한 헨리 튜더의 군대가 보스워스에서 리처드 군대와 마주친다. 전투 전날 밤 리처드가 죽인 사람들의 유령이 차례차례 나타나 그를 저주하고 그의 패배를 예언하고, 그 예언대로 되고 헨리 튜더가 헨리 7세로 추대된다.

리처드 3세의 찬탈 과정은 속이 빠르고, 헨리 7세 등장 이전까지는 명분도 아름다움도 의리도 비극성도 동반 퇴색하지만, 리처드 3세가 리처드 3세를 기괴하게 여기는 극에 달할 때까지 축적되는 기괴의 과정, 그 기괴의 미학, 즉 기괴의 이미저리와 그럴듯함은, 사례를 찾기 힘들다. 실제 역사에서 마가릿은 장미전쟁 패배 후 그녀 아버지가 몸값을 지불하고 데려갔고 그 뒤 잉글랜드로 돌아오지 않았다.

1955년 올리비에는 자신이 감독 출연한 영화 한 편으로 가장 유명한, 그리고 가장 자주 패러디되는 리처드 3세 배우가 된다. 셰익스피어 《헨리 6세 3부》의 몇몇 장면 및 연설을 시버가 다시 쓴 희곡 '리처드 3세'와 합친 그 영화 대본에는 마가릿 왕비와 요크 공작부인이 아예 없고, 위 리처드의, 유령들의 저주 그 후 독백이 없다. 코미디언 피터 셀러스는 1965년 비틀즈 음악 특집 TV 방송에서 비틀즈 노래 '고된 하루의 밤'을 올리비에의 리처드 3세 풍으로 읊었고, BBC TV 시튜에이션 코미디 《블랙 애더》 시리즈 첫 에피소드 또한 올리비에 영화를 일부 패러디, '자애로운' 리처드가, 셰익스피어 원작 대사를 망가뜨린다. 이제 우리 달콤한 만족의 여름은 구름 뒤덮인 겨울이 되었다 이 튜더의 구름들이 해냈어……. 2002년 영화 《거리의 왕》은 리처드 3세 이야기를 갱단 풍속도로 녹여 내고, 2011년 영화 《왕의 연설》에는 '이제 우리 불만의 겨울은/ 영광의 여름 되었다 이 요크 가문 태양 아들이 해냈어' 대사를 읊는 리처드 3세 배역 오디션이 나온다.

튜더 가문의 첫 왕 헨리 7세(치세 1485~1509)는 1483년 자신의 맹세를 지켜 1486년 요크의 엘리자베스와 결혼, 요크 가와 랭커스터 가를 통합하는 식으로 튜더 왕가 왕권 기반을 탄탄히 다졌고 그의 사망 후 헨리 8세가 순조롭게 왕위를 이어 받았다.

《헨리 8세》는 지문이 셰익스피어 작품 가운데 가장 정교하며, 도버 윌슨 및 소수를 제외한 셰익스피어 학자들이 존 플레처와 합작인 것으로 여기며, 아마도 셰익스피어가 1막 1장과 2장과 4장, 3막 2장 1~203행(왕의 퇴장까지), 5막 1장을, 플레처가 프롤로그 및 에필로그를 포함한 나머지를 썼을 것이고, 드라마라기보다는 일련의, 각 개인들이 겪는 재앙이나 사건들의 나열이다. 울시 추기경과의 권력투쟁에서 밀려 대역죄로 고발당하고 재판받고 처형당하는 버킹검 공작, 강제 이혼당하고 끝내 죽음을 맞는 캐서린 왕비, 왕과 결혼하는 앤 불린, 그것을 막으려던 음모가 들통 나 실각하고 역시 죽음을 맞는 울시, 캔터베리 대주교에 임명되었다가 윈체스터 주교 가디너의 탄핵을 받지만 왕이 나서서 위기를 모면시켜 주는 크랜머…… 그리고 마지막은 앤 불린과 헨리 8세 사이 태어난 국왕 장녀 엘리자베스, 훗날 엘리자베스 1세의 세례식을 축하하는 일대 소란이고 장관이다.

2. 셰익스피어 '연극=생애' 안팎

튜더 왕조 시대부터 지금에 이르기까지 잉글랜드(영국) 왕실은 일을 크게 세 가지로 나누어 고관에게 각각의 책임을 맡기는바, 왕실 제3위 고관인 사마관(司馬官, the Master of the Horse)이 주로 바깥일을, 제2위 고관인 가령(家令, the Lord Steward)이 음식과 음료, 조명 및 난방 따위 지하 일을, 그리고 제1위 고관 궁내장관(the Lord Chamberlain of the Household)은 지상의 모든 일을 담당한다. 군주의 거처, 의상, 여행, 손님 접대,

여흥 등등. '궁내'는 다시 둘로 나뉘는데, 1) 궁내 사실(私室)은 엘리자베스 1세 여왕 시대의 경우 궁내장관, 부장관, 기사 4명, 기사장(Knight–Marshall), 신사 18명, 궁내관(Gentleman-Usher) 4명, 말구종장(Groom-Porter), 말구종 14명, 고기 써는 사람 넷, 술잔 따라 올리는 사람 셋, 재봉사 넷, 수행 기사 종자(Squire to the body) 넷, 2등 궁내관(Yeoman-Usher) 넷, 시동 넷, 전령 넷, 여왕 전속 목사(Clerk of the Closet) 둘, 그리고 많은 귀족 신분 시녀 및 하녀들이, 2) 알현실은 수행 시하인(Esquire of the Body)들과 더 많은 궁내관 및 말구종들이 관리했다.

셰익스피어는, 모든 배우-공동소유주들이 그렇듯, 궁내장관 직속의 말구종 신분이지만, 월급을 받은 것은 아니다. 잔치 및 공연 따위를 담당하는 일이 헨리 7세 때 상설 부서로 격상되고 책임자가 임명되었는데, 직제상 궁내장관 직속이지만 점차 극장 전반에 폭넓고 독립적인 권력을 행사하게 된다. 공공극장에서는 오후 두 시경 공연이 시작되어 두 시간 혹은 두 시간 반 동안 이어졌고, 개인 극장에서는 어차피 인조 조명이 필요했으므로 더 늦게 시작할 수도 있었다. 포스터 따위로 공연 작품을 홍보했고, 트럼펫을 세 번 불어 공연 시작을, 깃발을 달아 공연 중임을 알렸다. 비극일 경우 천정에 검은 커튼을 매달았다. 극장 입구에서 입장료를 거뒀고, 최상층 관람석 입구에서 추가 요금을 받았다. 세 번째 트럼펫 소리가 울리면 프롤로그가 전통적인 검은 복장으로 등장하고 연극이 공연되는데, 공공극장에서는 아마도 중간 휴식이 없었지만, 개인 극장에서는 음악을 위한 중간 휴식이 있었고, 이 전통을 17세기 초 극장들이 변형된 형태로 채택하게 되었을 것이다. 공연이 끝나면 에필로그가 나와 관객에게 박수갈채를 부탁하고, 지그 춤곡이 이어졌다. 관객들이 빠져나가면 배우-극장주들이 거둔 돈을 계산, 최상층 추가 요금의 반을 임대료로 극장주(아마도 자기 자신들)에게 지불하고 고용 배우들에게 급료를 주고 나머지를 자기들이 챙겼다. 역병과 청교도들이 배우들의 최대 적이었다. 런던은 상인과 장인들, 그들의 도제들과 여행자들의 도시였고 도시를 다스리는 것은 런던 시장, 그리고 12개 복장 조합이 선출한 대표들로 구성된 시 자치체였는데, 역병이 돌면 추밀원이 시 자치체 성화에 못 이겨 극장 폐쇄를 명할 밖에 없었고 그러면 런던 배우들은 지방을 순회하며 지역 터줏대감 극단들과 힘겨운 경쟁을 벌여야 했다. 1584년 배우들은 역병으로 인한 사망자가 주 50명을 넘지 않는 한 공연을 허락하는 게 이치에 맞다고 주장했고 시 자치회는 온갖 원인으로 인한 사망자 수가 3주 연속 50을 넘지 않아야 한다고 답했는데, 1607년에는 역병 희생자 수가 30을 넘을 경우, 그 후에는 40을 넘을 경우 자동적으로 극장 문을 닫았을 것이다.

셰익스피어 사극들을 따라 우리는 곧장 셰익스피어 탄생 직전까지 왔다. 피터 홀의 '완전히 다른 사람이 되는 능력'과 '그 능력을 다룰 수 있는 또 다른 능력'은 물론 역사상 가장 민활한 시적 상상력과 연극 기획력, 그리고 극장 운영 수완을 갖춘 예술가 가운데 하나였던 그를 통해 잉글랜드 역사가 응집, 현재화할 뿐 아니라, 예술-미래화한다. 그리고, 첫 작품 《헨리 6세 2부》를 쓰기 시작한 1590년부터 마지막 작품 《헨리 8세》를 마친 1613년까지 이어지는 그의 '연극=생애'는 잉글랜드 역사 이전 그리스 신화(《한여름 밤의 꿈》), BC. 1천2백 년 무렵 미케네 문명 그리스인들이 10년 동안 벌인 트로이 전쟁(《트로일루스와 크레시다》), 소포클레스(497~406 BC.) 당대인 BC. 491년 무렵 볼스키 족을 이끌고 로마를 공격했으나 아내와 어머니의 간청에 로마를 봐주고, 오히려 볼스키 족한테 죽임을 당하던 초기 로마 공화국 귀족(《코리올라누스》), 에우리피데스(469~399 BC.)와 소크라테스(450~404 BC.) 당대 그리스(《아테네의 타이먼》), 헬레니즘 시대(《페리클레스》), 로마공화국이 제정으로 넘어가던 시절(《줄리어스 시저》, 《안토니와 클레오파트라》), 그리고 플루타르크(46~110) 당대 (《티투스 안드로니쿠스》) 역사까지 응집, 현재화하고, 예술-미래화한다. 그리고 걸작들은 그 응집, 현재화, 예술-미래화를 끊임없이, 갈수록 질 높게 추동하는 동시에 끊임없이 그 추동의 결과물이다.

김정환

1954년 서울 출생. 서울대 영문과를 졸업했다.
1980년 《창작과 비평》에 시 '마포, 강변동네에서' 외 5편을 발표하면서 작품 활동을 시작했다.
시집 《지울 수 없는 노래》《하나의 이인무와 세 개의 일인무》《황색예수전》《회복기》
《좋은 꽃》《해방 서시》《우리 노동자》《기차에 대하여》《사랑, 피티》《희망의 나이》
《노래는 푸른 나무 붉은 잎》《텅 빈 극장》《순금의 기억》《김정환 시집 1980~1999》
《해가 뜨다》《하노이 서울 시편》《레닌의 노래》《드러남과 드러냄》 등 20여 권의 시집과,
소설 《파경과 광경》《세상 속으로》《그 후》《사랑의 생애》,
산문집 《발언집》《고유명사들의 공동체》《김정환의 할 말 안 할 말》,
평론집 《삶의 시, 해방의 문학》, 음악 교양서 《클래식은 내 친구》《내 영혼의 음악》,
문학 창작 방법론 《작가 지망생을 위한 창작 강의 일곱 장》,
역사 교양서 《상상하는 한국사》《20세기를 만든 사람들》《한국사 오디세이》 등이 있으며,
《더블린 사람들》《셰익스피어 평전》 등을 번역했다.
2007년 제9회 백석 문학상을 수상했다.

리처드 3세

Copyright ⓒ 김정환, 2012

첫판 1쇄 펴낸날 | 2012년 10월 20일
지은이 | 셰익스피어
옮긴이 | 김정환
펴낸이 | 박성규
펴낸곳 | 도서출판 아침이슬
등록 | 1999년 1월 9일(제10-1699호)
주소 | 서울시 은평구 신사동 25-6(122-882)
전화 | (02)332-6106
팩스 | (02)322-1740
이메일 | 21cmdew@hanmail.net
ISBN 978-89-6429-130-6 04840
ISBN 978-89-6429-132-0 (세트)
책값은 뒤표지에 있습니다.